星核密语

贾煜 著

天津出版传媒集团

百花文艺出版社

图书在版编目（CIP）数据

星核密语 / 贾煜著. -- 天津 : 百花文艺出版社,
2024. 7. -- ISBN 978-7-5306-8899-1

Ⅰ . I247.7

中国国家版本馆 CIP 数据核字第 2024UW6039 号

星核密语
XINGHE MIYU

贾煜　著

出 版 人 : 薛印胜　　选题策划 : 徐福伟
责任编辑 : 孙　艳　　特约编辑 : 赵文博
装帧设计 : 丁莘苡
出版发行 : 百花文艺出版社
地址 : 天津市和平区西康路 35 号　邮编 : 300051
电话传真 : +86-22-23332651（发行部）
　　　　　　+86-22-23332656（总编室）
　　　　　　+86-22-23332478（邮购部）

网址 : http://www.baihuawenyi.com
印刷 : 山东临沂新华印刷物流集团有限责任公司
开本 : 880 毫米×1230 毫米　　1/32
字数 : 190 千字
印张 : 8.125
版次 : 2024 年 7 月第 1 版
印次 : 2024 年 7 月第 1 次印刷
定价 : 52.00元

如有印装质量问题,请与山东临沂新华印刷物流集团有限
责任公司联系调换
地址 : 山东省临沂市高新技术产业开发区新华路 1 号
电话 : (0539)2925886
邮编 : 276017

目录

龙门阵

基哦索基哦索基哦索，

索基哦索嘀，

基哦索尤米基哦索基哦索嘀基哦索。

哦嘶！呀欧！

——羌族请神歌《基哦索》

楔　子

占卜结束，郎加木跟着阿爸爬上房顶。碉房旁靠山一侧，用片石砌成的塔形小石龛上放置着白石头，那是家里祭祀山神的地方。月光皎洁，他们来到白石前，白石却暗淡无光。阿爸从长衫里掏出帕子，擦拭白石，再举过头顶，用月光照亮它，然后反复念道："尔玛人的神啊，请保佑云屯村吧！"

在龙门山的羌族村寨，他们日常就是以这种方式进行祭拜。这晚,郎加木和阿爸一样,穿一身麻布长衫,外面套了件羊皮褂。他们的长发编成辫再绑成髻,包在头帕里。阿爸是释比,郎加木是他的徒弟。等到天明,郎加木就正式"毕业"了,从此成为云屯村的新释比。

忽然,郎加木听到山里传来一阵类似石头摩擦的闷声,只是隐隐约约的,却已经让人心神不定。夜空下,大山的轮廓像粘贴在黑幕上的剪影,本是稳稳固固,现在却似乎动了起来。郎加木听见阿爸喊了一声:"糟了!"心底一沉,立刻随阿爸疾驰下了楼,背上阿婆就往门外逃。

几乎同时,耳边响起了警报蜂鸣声,几束白光将云屯村照得通亮。熟睡的村民被惊醒,来不及穿衣,拉起同屋的人,或抱着小孩,或搀扶老人,纷纷冲了出去。在他们身后,巨大的山体从千米高空坠下,顺势前冲,轰隆隆,轰隆隆,大小不一的石块卷杂着被粉碎的树木残枝,不断砸向碉房,滚滚烟尘铺天盖地地袭来……

郎加木被尘土呛得直咳嗽。听着轰隆声渐渐逼近,他又怕又急,背着阿婆拼了命地奔向避难坝子,脑子里一片空白。

避难坝子的地势比云屯村稍高,郎加木到达那里时已挤满了人,哭声、喊声、骂声不绝于耳。喘息间,他把阿婆放下,才发现其他家人并没有跟来。他跑到坝子边缘,借着白光张望,看见阿爸正领着一群人往这边赶。突然,一人从人群中闪出,朝反方向跑去。阿爸去追那人,身影很快隐没在席卷而来的烟尘中。

"阿爸——"

郎加木扯开嗓子大喊,可声音在大山的轰鸣下显得那么微弱无力。

恐惧攫取了郎加木的魂。他浑身冰冷,跌坐在地,闭上眼,颤着声音,念起经文。他没想到,阿爸占卜的"大凶"来得这么快,不容他们有任何防备的余地。

不知过了多久,大山的响声渐小,郎加木才试着睁开眼,让吓飞的魂魄重回到身体。这时,他看见凄惨的白光下尘土弥漫,只能从烟尘稀薄的地方觑到对面山上滚落的石头呈瀑布状倾泻,覆盖了整个山脚,而云屯村,再也寻不到了。

上 篇

从"龙门阵"开工到神山被削去山尖,只用了七天。云屯村好像也矮了一大截。

云屯村是被列为国家级重点文物保护单位的羌族村庄。那年震惊世界的大地震后,村里的碉楼、碉房遭到严重破损,幸存者们被整体搬迁,在临近的市区重建家园,但不久,一些难以适应城里生活的羌族居民又陆续返回山上,重建了村寨,还叫云屯村。这一建,不管是再遇地震还是其他灾难,六十年间,他们都再没下过山,直到村庄被那次崩塌掩埋。

郎加木现在住的新云屯村,是在崩塌灾难之后又一次重建的。新址是阿爸选的,当时阿爸占卜到云屯村将有一劫,提前筹划选好了新的山头。但搬迁事大,阿爸还没来得及安排好,灾难就发生了，只有作为释比学徒的郎加木知道新址。灾难过后，郎加木用法器再次占卜，依然是那个地方，政府也组织了省地矿局的专家队伍进行地质灾害评估，确认没有隐患，幸存的村民就在那里建了新家园。

新建的云屯村藏于一块山谷地带，高踞于海拔两千多米山腰处的台地，依山势错落而立，时常云雾缭绕，是名副其实的"云朵上的村庄"。村寨一直保留着传统的生活习惯，各户房门挂上了羊头骨，炊烟在山里袅袅升起。没有机械化耕种，即使建造住所，在材料选用上也极尽原始，多以片石和木头为主，好在石砌技艺有所改良，又有机械辅助，修建一座碉楼的时间从几年缩短到一个月。村寨虽然深居大山，但在国家的扶持下，村民们的生活早已不是问题。只见那高山深涧中，以碉楼为中心的碉房零星散布于山坡之上，层次分明，个个都如山野中的护卫般威严、冷峻。

阿爸的确有眼光，新村建成没过多久，连政府的大工程"龙门阵"也选择了这里。"护卫"们不再孤寂，村寨一天比一天热闹。周围的平地很快建起了临时住房，又很快住满了各类人，形成一块块基地：指挥中心、科研基地、采购基地、生活基地……仿若一座座村庄一夜间拔地而起，最后还抢了云屯村在山谷中的风头。从那以后，这些基地就像时钟齿轮一样，日夜兼程地转动着，不眠不休。

但郎加木不喜欢这个工程。这个工程毫无疑问破坏了大山，甚至连神山都被削去了尖。为此，在"龙门阵"开工之前，郎加木用羊髀骨占卜了好几回，可无一例外，占卜的结果都是大凶。那是一种颇具古韵的复杂占卜方式。在火光中，他取艾叶捻成小团，放在羊髀骨上烧灼，然后从髀骨被炙烤出的纹路长短、走向来判断云屯村的祸福。但每一次他都会看到山崩地裂，整个大山被一片红彤彤发着光的森林吞没，这片魔鬼般的森林正和政府宣传册里的"龙门阵"一模一样。

为了消解凶运，郎加木曾带着村民去找政府有关部门，反对建设"龙门阵"。政府有关部门专门邀请了他和其他几位释比开会，向他们解释项目所依据的原理和意义，也答应他们尊重羌族的信仰，尊敬神山。随后工程还是按照计划开动了，郎加木则在项目启动前带着村民举行了祭神山仪式，祈求山神原谅。但这一切都无法消除他心底的恐惧。此后他又占卜了几次，结果也都不好。

与郎加木的碉房遥遥相对的，是罗天羽住的科研基地。他们中间隔了一条深沟，流水像一匹白绸缎起伏翻飞。平日里，郎加木在碉房顶上倒腾时，罗天羽就站在对面看他；罗天羽忙活时，郎加木又在房顶看她，保持着敌对的警惕。郎加木喜欢待在房顶，是因为他喜欢看太阳从山垭里冒出，看第一缕阳光似金色锦缎般从洁白的山尖缓缓铺下。他喜欢在太阳的神圣中迎接新的一天。

但他现在没了这种心情。以前，楼顶的风能过滤掉人为的杂音，只留下大自然的一片嗡鸣，让他可以聆听山神的呢喃。

现在山林间尽是机器的声音，高耸的钻机与碉楼一样威严，但因无休止的嘈杂惹人生厌。可能唯一不觉得厌烦的村民就是阿婆了。自从罗天羽回来后，阿婆更麻利了，每天做很多羌食，隔三岔五就送到对面，还开始绣起帽子和云云鞋。

郎加木气阿婆给罗天羽送东西，他不好多说，也没法阻止，只好赌着气。直到有一天，阿婆因去罗天羽那里，忘了锁羊圈，把纳吉弄丢了，郎加木第一次对阿婆发了火。

"你知道纳吉对我意味着什么？"郎加木说这话时，阿婆埋着头，叠顶在头上的瓦状青布遮住了她大半张脸。

郎加木顿了顿，一跺脚冲出门，独自上山找羊去了。

十三岁那年，阿爸为他举行成人礼。那日，阿爸牵着一头健硕的纯白山羊向他走来，它那螺旋状的大角让他胆怯，但他还是骑了上去，抓紧鬃毛。阿爸一松手，他就从羊背上摔下，惹得阿爸大笑。他不服气，再次翻上羊背，双腿用力夹住它的肚皮，无论它如何冲撞，始终不松手，坐牢在它的背上，直到它低头发出咩咩的颤声，他才跳下，在阿爸惊诧的目光中高高昂起了头。那只被他驯服的羊，本是要在成人礼上宰杀的，可他求阿爸放过了它。在后来的崩塌灾难中，白羊是唯一一只逃过劫难的羊，他便更加珍惜它。再后来，白羊生了羊羔，他挑了一只最像它的小羊，训练它，呵护它；在白羊死后，将"纳吉"的名字留给了它，并视它为自己新的"守护羊"，珍爱起来不像个大人。

在附近山上找了两天，郎加木一无所获。第三天，他还要去找，却发现阿婆不见了。他想，糟糕，阿婆一定是去找羊了。立时，他心里在着急之外，多了慌张。父母在山体崩塌中遇难后，罗天羽离家出走，他从此与阿婆相依为命。他虽然是释比，是村里的精神领袖，是指引别人怎么做事的人，但日常都是阿婆在照顾他，在默默忍受他的脾气。他内心不断上涌对阿婆的愧疚。

白天的野岭被秋天的红叶染得炽烈，像吞噬了一轮太阳，发疯似地燃烧。郎加木跑遍了四个山头，跑烂了鞋，也没找到阿婆和纳吉。

他望着对面被削去山尖的神山，心里又燃起怒火，回家找出积了灰尘的法刀，霍霍地磨了几下，就去找罗天羽。

基地里，工作人员将郎加木死死拦住。

罗天羽见是郎加木，立即走上前，以一副清傲的姿态问："找我有事？"

"你们削了神山，触怒了山神，会给云屯村带来灾难的！"郎加木想到那些占卜，气恼地把法刀横在胸前，"我的纳吉丢了，阿婆也不见了，这就是开始！"

"阿婆失踪了？"

"对，我找遍了周边所有她可能去的地方，都没见着人！"

"所以，你就提着刀来找我？"一声嗤笑。

"不然我能找谁？你们霸占了云屯村最神圣的地方！"

"协议里写明了这是我们施工的地方，与云屯村分界清晰。"

"你明知道这神山也是属于云屯村的！"

"你这是强词夺理。"罗天羽也恼怒起来，冷着脸说道，"我不和你扯这些，先带你找到阿婆要紧。"

"你知道她在哪里吗？"

罗天羽摇摇头，手指朝基地里面的设备指了指："它知道。"

"它？"

"对。"罗天羽居高临下地看着他，似乎懒得解释。正要起步，她又转过身来对着郎加木说道："如果我找到了阿婆，你得和我做个交易。"

郎加木攥紧了法刀。

"找到阿婆后，你们必须迁走，到山下重新为云屯村找个新址。"

"你没权利决定我们的去留！"郎加木咬咬牙，"如果我不答应，你就不找阿婆了？"

"阿婆也是我的亲人，无论如何我都会找到她，但我希望你能为全村人着想，搬到山下去。"

"又来这一套！"郎加木不屑道，"我们搬不搬，关你什么事？"

"怎么不关我的事？让他们下山融入现代生活，有什么不好？你为什么非要阻拦？"

"你走了，就不关你的事！"郎加木逼近一步，"再说，云屯村现在这地址是阿爸选的，我绝对不会搬走！"

提到阿爸，罗天羽倒吸一口气，沉默半晌，叹道："还是先找阿婆吧。"

她带着郎加木来到监测中心的一排设备前，看屏幕里花花绿绿的光点在山里移动、转换。

"这是我们的环境生物检测系统，可以结合天上的卫星和地面监测,探察山里的生命活动情况。"

搜寻工作大概进行了五分钟。镜头从高空缩小范围,朝着一个红点拉近、放大。很快,一个模糊的人影便出现了。

"是阿婆,旁边那个是纳吉!"郎加木喊道,"他们在沟里!"还没说完,他就准备往外跑。

"等等,你不用去。"罗天羽叫住了他,"我马上把信息传给附近的巡逻队,他们会把阿婆安全送回家。"

郎加木心里没那么急了,但也没半点感激。阿婆和纳吉都找到了,他不想继续看她扬扬得意的模样。所以,他一句话没有多说,转身就要离开。

"喂,考虑一下我那个建议。"罗天羽的声音从身后追上了他。

他站住身,头也不回地撂下一句:"我们不会搬走的!"便大步离开了。

郎加木其实是一路忍着憋屈走的。如果可能,他宁愿一辈子不见罗天羽,一辈子不跟她说话。

他不明白,她既然已经走了,为什么还要回来;她既然要回来,为什么又要把这里挖个天翻地覆。

他早就从政府的宣传里了解过"龙门阵"工程。这是一个国家级的大型项目,用来消弭地震。他不懂具体原理,但听说一旦建成启动,就能让这里不再遭受地震危害。他也在政府组织的沟通协调会上看到过"龙门阵"的介绍。这是全球第一座可投入使用的大型消震工程,由 3762 座地震能装置构成。每座装置如一棵潜入山体内部的树,分为三部分:露出地面的"树冠"用于接收太阳能,辅助专门电路驱动装置运行;埋入山体的"树干"用于稳固装置,同时用作输送通道;伸入地壳内部的"树根"用于探寻吸取地底的机械能和热能,再进行转化。"树根"是由特殊材料制成的仿生机器,可以像植物的根那样在地下"生长"。垂直地面向下延伸的主根在"生长"到一定深度时,内部会生出许多侧根,形成植物那样的根系。与植物根毛区吸收水分和矿物质各自独立一样,装置根端吸收机械能和热能的区域也各自独立,它们一旦探测到对应的能量,就会主动吸取。能量通过内部附着的"细胞膜",进入可以将其转化和贮藏的"根壁"。这样被吸收的热能和地震能可以用来发电,或者将地震能传导到指定的无人区,通过诱发小型可控地震释放能量,避免大的灾害发生。

据说,"龙门阵"落户在龙门山,是反复比对了其他地震断裂带后才决定的。数百万年来,随着青藏高原剧烈东移,一系列新的逆冲推覆断层在山前的四川盆地地壳内逐渐形成,这一区域在应力过程中,蓄积到一定程度的能量会使地壳破裂,发生地震。比如 2008 年的那次大地震,就发生在这一区域的龙门山断裂带。从能量释放角度来看,那次地震使断裂带北东方向的能量得到了释放,但南段的能量没有充分释放,新的挤压作用又会产生新的能量,这些能量一部分以小地震的形式持续释放,另外的大部分则继续积蓄,今后可能造成新的地震。从几十年前开始,国家就在从川甘交界到云南南部的广袤地区建立了国际上首个针对大陆型强震进行系统研究的实验场。在这个实验场范围内的龙门山有着更好的基础条件,而后来的地质考察也确认,龙门山的积蓄力非常适合用来测试这套工程。

这个项目如果成功了,当然对生活在这里的羌族人有莫大的好处。但郎加木内心深处总觉得没那么简单,总觉得这个选址与罗天羽有着丝缕关联。这让他感觉心口上压了一块巨石,让他喘不过气来,非要找罗天羽吵一架不可。而罗天羽回来后,总是一副颐指气使的样子,似乎处处针对他,还非要让他带着族人搬下山,美其名曰"接受现代生活方式"。她也是大山的孩子,为什么对神山就没有一丝一毫的尊敬?这里是阿爸用命换来的选择,他一直守护着,她怎么能对阿爸的选择轻易否定?

这时,他刚好路过一处工地,看见几位施工人员系着安全绳,像蜘蛛人似的在一个洞口进进出出。不知为什么,他停了下来,走过去朝下探头观看。洞内深处有模糊的灯光,让他一下子想到崩塌那晚从烟尘中努力透过来的月光。恍惚间,眼前的世界开始晃动,脑子里又涌现出那个场景——阿爸遇难的场景。画面忽明忽暗,像有人在调弄灯光,让他眼花。蜘蛛人身上的安全绳与他的神经交错纠缠,使他陡然感觉坠入了洞中,而手里的法刀愈加沉重,沉得加速着他的坠落,沉得扎进了他的心窝。

他强忍着战栗,收回视线,烦乱地把兜里随身携带的白石掏了出来,放在洞口处施工待用的沙堆上。他双手握住法刀,将额头抵在上面,默默念道:"尔玛人的神啊,请保佑云屯村吧!"

罗天羽不是没有试过跟郎加木好好沟通。刚回来的时候,她心平气和地找过他,但没说几句就吵了起来。

"你们为什么非要选在龙门山,非要在这里大动干戈?"当时,郎加木瞪着他的牛眼睛,仿佛随时都要爆炸,"你别给我说那些没用的理论!你是总设计师,我要听你自己最真实的想法。"

罗天羽也盯着他,良久,长吁一口气,仿佛下了很大决心才说:"很简单,因为这里——是我的家。只要实验成功……"

"只要实验成功?谁会拿自己的家做实验!"郎加木指着远处正在施工的山头,恼怒起来,"连神山都能推平挖空,你还有什么干不来?你根本就是为了自己!"

罗天羽知道郎加木对自己有成见,但还是没想到他会这么说。想到一路走来的委屈,想到为争取这个项目落户云屯村的艰辛,也忍不住话里带刺:"那你觉得祭个山、拜下神,就能够避灾防害?如果真是那样,阿爸就不会被埋在山石之下了!"

这句话像是点燃了炸药,郎加木一下子怒火冲上了头。"都是因为你!"他的手几乎要指到罗天羽的鼻子上,"阿爸本来已经占卜到灾难了,完全可以避开,就是因为你!你不往回跑的话,阿爸怎么可能遇难!"

罗天羽一时语塞。郎加木说的,正是她心里永远无法抹去的痛。那晚,一切都发生得太突然,她不过是想回去拿自制的地震仪,没想到阿爸会跟过来,更没想到最后她跑出来了,阿爸却永远埋在了山石下。这些年,她一直为此自责愧疚,甚至曾想跳下山崖与阿爸同眠,但心里总有不甘。后来知道那次崩塌是因几场小地震破坏效应累蓄而诱发的次生灾害,更感到憋屈和愤懑。她想,自己这辈子真要和地震杠上了。她爷爷辈的很多亲人都死于2008年的那场大地震,她小时候也差点葬身于一次地震。有一天,她看着阿爸埋身的方向,忽然就有了消减地震的想法。她觉得与其去见阎王爷,不如用真才实学把祸害世人的地魔灭掉。从此,她一声不吭地踏上了外出求学的路,再也没回过云屯村。

郎加木指着发愣的罗天羽,突然泄了气,胳膊垂下来,甩甩手腕让她离开了。

从此,他们只是遥望,再没有说过一句话。

阿婆未被送回家,而是直接被送去了县城医院。阿婆找到了跌入沟渠的纳吉,为了救它,自己也掉了下去,摔得全身都是伤。郎加木见到她时,她的第一句话是问纳吉怎么样了。

"阿婆,纳吉好得很。"郎加木说,"你呢,还有没有哪里痛?"

阿婆嗫嚅着答:"痛……哪里都痛。"

"等你出院了,我回去为你踩铧头,把病魔统统驱走。"

罗天羽从外面进来,听到这句话,从鼻腔里发出一声哼。

郎加木斜睨她一眼,若无其事道:"等几天我就过来办出院手续。"他走到门边,仿佛罗天羽根本不存在一样,直直地离开了。

纳吉关在巡逻队的车上,被郎加木直接带了回去。一路上,纳吉都紧紧贴着郎加木,不再像以前那样左右乱窜,害得郎加木总去追赶。它只受了点皮外伤,现在特别温顺。郎加木对它说:"你可闯了大祸,只顾自己撒野,把阿婆害惨了,回去看我怎么收拾你!"

纳吉咩咩叫了两声,像听懂了他的话,承认错误似的低下头。

回到碉房,郎加木并没有"收拾"纳吉,而是用草药把它的伤口全敷了一遍,待纳吉的伤口愈合后,便带着它上山采药。他想用的药,附近的药材店都没有,即使有,他也想用更好的野生药,等阿婆回来后,为她补身子。

应季而生的野生药材正是成熟的时候,郎加木每日扛上锄头,爬向海拔四千米的向阳山坡。那是一趟既费时又耗体力的路程,山道崎岖,密林难行,但有纳吉做伴,且帮着驮草药袋子,郎加木才觉得攀爬不那么枯燥和劳累。

他采完一座山,又去采另一座,只要是方圆二十里内的,他都知道哪座山上长哪些药。每晚,他会把采到的药清点一遍,发现还缺什么,第二天就又去采,最后就只缺羌活了——那是一种止痛消肿的草药。

有羌活的山在神山旁边,从云屯村过去,要穿过一大片林子。那林子被称为减震林,是很早很早之前,还没地震预警系统时栽种的。整片林子朝云屯村那头的树木都矮于远离村子的树木,呈楔形排列,据说地震发生时,树林会转化来袭的地震波,吸收一定的能量,减弱地震的破坏力。

　　挖了两天的羌活,收获不大,却把郎加木累得腰酸背痛,但一想到阿婆,他便决定再挖两天。穿越减震林是挖羌活最大的障碍,因那林子比一般的树林密集,草木丛生,藤蔓杂乱,很多地方都结成了一堵绿墙,隔断郎加木的去路。

　　这天,在要进入减震林时,郎加木忽然犹豫起来。纳吉突然耍起了野性子,从他身边跑开,奔向林子的另一侧。他骂骂咧咧地去追,才发现纳吉将他引向了一个山洞。他跟在纳吉身后,进入洞内。越往深处走,他越确定这是一座废弃的矿洞。他不知道洞通向哪里,但他相信他的"守护羊"。他借着手机电筒的微光,弓着身,摸着纳吉的尾巴朝前走,直到看见洞的尽头。原来,这矿洞的另一头在羌活采挖地的下方,正对面就是神山。郎加木在洞口眺望,看见再远一点是一个地震能装置,它的外壳刚搭建完成,呈银色,形似他家里祭拜用的白石塔,但却有白石塔的几百倍大,像叠在山上的又一座山。

　　"好样的,纳吉。"郎加木抚摸着白羊的头,"你早该带我走这条路。"

　　纳吉又咩咩叫了两声,迈开蹄子,气定神闲地向山上走去。

　　郎加木挖够了羌活,趁着阳光正好,想躺到大石块上打一会儿盹,瞥见近在咫尺的神山,却没了睡意。纳吉把他的挎包从树杈上扯下来,里面的青稞撒了一地。他望着纳吉,突然明白了它的用意,就捡起青稞,占卜起来。

　　青稞卜主要是占卜村寨未来凶吉的。现在,在离神山如此之近的地方,他相信占卜的结果会更准确、清晰。他感到了山神如炬的目光,心底的恐惧再次升腾起来。他看见的还是地动山摇的画面,但这次,那片吞噬了整片大山的"树"红得更加可怕,赤光映照下,里面的人影也更清晰了:那些人都在逃,不停地逃,其中有一个人转过了头……占卜结束时,郎加木出了一身冷汗。

纳吉抖了抖身子,用惊恐的眼神盯着他。

结果仍是大凶,他仍没找到化解的对策。纳吉用角顶了顶他,他蹲下,它舔舐他的脸,用它的方式慰藉他。突然,罗天羽的声音鬼魅般回响在他耳边。

"喂,考虑一下我那个建议。"

"重新为云屯村找个新址。"

"越快搬走越好。"

郎加木再次抬头,远眺神山和银色的"白石塔",有种乌云压顶的感觉。

难道她知道什么,却没有说?

阿婆终于出院了。她的腿瘸了,身体显得更矮小、单薄。回家的路上,她不要罗天羽送,也不要郎加木背,拄着拐杖自己走。她是个不多言的人,常年包着四方头巾,好让自己看起来精神些。她黑黝黝的脸是干裂的,皱纹在裂缝里蜿蜒,却不影响她露出谦和的笑。

到了村口,村民们都来接她,纳吉围着她转了好几圈,把身体亲昵地贴上去。她摆着手憨憨地笑:"没事了,没事了。"

村民们簇拥着她回到家。郎加木扶她坐到火塘边，他已换了一身做法事的衣服，把备好的铁铧置于火塘上，待烧红后，以火舌舔之，再用铁钳夹住铧头，在阿婆瘸腿上方绕，同时喋喋不休地念咒语：

锤又锤，灵又灵，隔山叫，隔山灵，隔河叫，隔河灵，铧头祖师，铧头娘娘，披头祖师，披头娘娘，梳头祖师，梳头娘娘，冰又冰，冷又冷，冰又冰，冷又冷，吾奉太上老君急急如律令！

妖魔是怕火和铁器的，踩铧头能让它们脱离病者身体，所以郎加木要如此这般为阿婆解除病痛，让她早日康复。

法事结束后，阿婆却摸着心口说："阿木，我还是痛。"

"阿婆，别担心，我专门为你采了野生草药，很快就不痛了。"

"不，什么药都没用。"阿婆欲言又止，皱纹在火光中显得深沉，"我们都知道，那晚，阿羽不是故意的，一切都是意外……"

"阿婆。"郎加木将手中的草药往旁边一搁，双眼一瞪。

阿婆不再吱声，偏过头，去抚摸一旁的纳吉。

这年冬天来得特别早，雪一层层地往山上铺，空气中是冰碴的冷冽。建"龙门阵"的那些机器设备好几年都没停歇，终于在这场大雪中停了下来。云屯村周围的工地也安静了，一些人陆陆续续离开，只留了少数值守的人。阿婆身体恢复得慢，罗天羽常来看她。郎加木有些抵触，后来觉得她可以陪阿婆，也就默许她来了。

每次来,罗天羽都会给阿婆带很多营养品,阿婆则喜欢拉着她做洋芋糍粑,有时也教她绣云云鞋。郎加木见罗天羽拿起绣花针与锦线,在穿针引线中显得十分笨拙,便阴阳怪气道:"大姑娘好好跟阿婆学,学会了绣鞋,才好送给心上人去。"

云云鞋是羌族姑娘赠给情郎的,代表她的一片心意。郎加木知道罗天羽从小就反感学这些,她只对地震相关的东西感兴趣,没事就带着稀奇古怪的工具往山野跑。哪知现在回来,她还得学这些。他感到既好笑又解气。

冬日里,郎加木常穿一身厚袍服,戴顶毡帽,像其他季节一样到碉房顶上看太阳;如果没有太阳,就看羌山在曲折中牵引着雪域直达天际。大雪赐予山林洁净,也带来了前所未有的安宁。他收了一个十三岁的徒弟,开始忙活起来。

阿婆和罗天羽在火塘边绣云云鞋,郎加木有时不经意间从门外望过去,会恍惚觉得坐在那里的是阿婆和阿妈。不知不觉间,他和罗天羽的争吵越来越少。阿婆心情越加的好,身体也很快恢复过来。

当漫山遍野开起羊角花时,阿婆不用拐杖也能走路了,罗天羽出现的次数也越来越少,后来整整一年再没出现过。郎加木听说"龙门阵"一期工程快结束了,阿婆则变得喜欢去碉房顶上了。她不是去看太阳,而是总朝通向村口的那条路张望。

因为施工的关系,云屯村修了更宽阔的公路,当工程车逐渐退去,更多的旅游大巴和私家车冒了出来。村民修建了民宿和客栈，于是更多穿着民族服饰的游客穿梭在深峡、溪涧、古碉房之间，把山林渲染成一个色彩斑斓的舞台。

郎加木早知道会这样。他极力避开游客多的地方。白天，他紧闭大门，在房顶上倒腾，用铲板把搅拌好的黄泥涂抹在片石上，层层垒砌，再用锤子砸，将每一块片石压紧，如此反复。他想再往上垒一层楼，可垒了一半却拆掉，拆了又垒。晚上，他就给徒弟传授经咒，让徒弟能熟练地使用法器，熟知所有法事仪式。他也额外传授一些自己对大自然的领悟。

这一年夏天，徒弟"毕业"，举行"谢师礼"，宴请了很多村民。在谢师仪式上，徒弟赠给郎加木一套衣服，郎加木回赠他一套法器。

仪式快结束时，几个不速之客忽然出现。

"听说你们这边今天很热闹，我们也来凑凑。"他们径直走到郎加木面前。

宴席上的众人安静下来。

郎加木认出其中一人是罗天羽的同事，便问她："你们有事吗？"

罗天羽的同事把另外几个人简单介绍了一下——他们都是当地的领导。然后，只听其中一位说："久闻郎加木释比您的大名，今天我们来，是特意想邀请您参加今年秋季旅游节的演出。这次旅游节主要是庆祝'龙门阵'一期启用，所以此次演出活动将举办得非常盛大，除了游客，国内外领导、专家和媒体都会来……"

"不必了,感谢你们的好意。"郎加木打断他的话。

"我们给的报酬将非常可观……"

"不必了,你们可以找其他释比。"郎加木再次不客气地打断对方的话。

气氛冷下来,对方有点尴尬,看了看罗天羽的同事。

那同事上前解释道:"其他释比都找了,除了年龄太大确实不能参加的,能答应的都答应了。这次演出活动的时间跨度特别长,演出密度也特别大,一天要重复表演许多次。为了原汁原味展现民族文化,我们希望尽可能请更多的释比参与。"

"我不会什么表演。"郎加木似乎很反感她的话,冷冷地说道,"少我一个不会有什么影响。"

"但这样也没人知道云屯村了。"

旁边有村民听懂了她这话的言下之意,开始跟着那人劝说他们的释比。郎加木瞥了一眼坐在角落的阿婆,见她也在点头,明白这晚若不答应,就该成为云屯村的罪人了。

众人的呼声此起彼伏。郎加木面不改色,指着身边的徒弟说:"好吧,云屯村答应了,他去。"

"我?"徒弟窘得脸都红了。

"对,就是你。"郎加木把自己的羊皮褂脱下,为徒弟套在外衣上,"你也是云屯村的释比了,你去参加最合适,也正好试试我送你的新法器。"

众人欢呼,齐声高喊郎加木徒弟的名字。

不速之客们先是面面相觑,很快也换上了笑脸。

转眼就到了旅游节,为了见证世界上第一个消震工程的启动,游客数量远超往年,每条路都被围得水泄不通,每个村寨都人满为患。

龙门山的秋,色彩是鲜妍的。秋日逮住夏天的阳光,用金黄渲染着山巅;秋风抚慰艳红的枝叶,把树梢点缀得灿若烟霞;秋雨淋透繁茂的山林,为苍翠的绿增添了几分深邃;秋雾随云朵萦绕,用壮丽的白勾勒羌山的风韵……郎加木常站在房顶边沿,透过这彩色的秋天,看被嵌在浮夸世界里的云屯村,突然感觉自己和村子都轻飘飘的。

月亮斜挂在云屯村顶上,让碉楼看起来阴阳参差。舒柔的月光中,风散布着丝丝凉意。郎加木喝完最后一口咂酒,从长衫里掏出帕子擦拭白石,再把它轻轻放在楼角的小石龛上。他对着白石默念:"尔玛人的神啊,请保佑云屯村吧!"

郎加木还是到了现场,第一次看见了"龙门阵"的雾幕模型,并被它的气势所震撼。舞台上主持人的解说词令人热血沸腾:"地球一年会发生超过 500 万次地震,平均每天地震上万次,但由于 80% 以上的地震震级都非常小,人类根本感受不到,而能造成大灾害的地震,一年中通常不会超过 20 次。如果'龙门阵'运行成熟,今后这套工程就可以推广到世界各处的地震断裂带上,那就能让这 20 次地震的震级减小到我们感受不到的范围,也就是说,可以让那些灾害性地震彻底从地球上消失……"

或许,神山会因此原谅那些不敬的行为吧?

他并不参与"表演",但会带着阿婆,牵着纳吉,去观看徒弟的展示。徒弟主要是参加"转山会"祭祀活动。因要与"龙门阵"启动仪式演出活动融合,"转山会"与他们平日里的有所不同,要在一幅巨大的雾幕中表演。

雾化设备产生人工雾,一团团雾气从四面八方升起,空气投影射照其上,与山林间漂游的云雾交相辉映,形成雾幕,与大山等高的影像便出现了,亦幻亦真。每当郎加木仰视时,就感到"龙门阵"悬浮在他头顶,呈人参状伸展开,在乳白色的雾幕上织成一把巨伞,在为他们遮风挡雨。它居高临下,即便在群山中也显得卓尔不群,仿若俯视着山林里的芸芸众生。

徒弟就在那把"巨伞"中,配合着音乐,带领着他的队伍,在山腰上闪亮登场。

山腰有一座高约两米的石塔,塔顶有白石,塔周围环绕"神林",塔前的空地"神树坪"便是举行"转山会"祭祀活动的地方。徒弟头戴猴皮帽,手持羊皮鼓,用力撞击;他身后的一行人,也手持鼓、响盘或其他法器,尽力撞出最大声响,并绕着石塔不紧不慢地走。然后,徒弟在塔前点烛燃香,陈设祭品,向山神敬酒,唱起了古歌。《开坛解秽词》《开天辟地词》《消灾免祸经》《长寿永生经》……一首接一首,通过扩音器,歌声和颂经的声音在山谷中空灵地回荡,让整座大山都沸腾了。

颂唱时,伴随着"转山会"各个环节的不同仪式,队伍始终像是被云托起,使得远古的祭祀与"龙门阵"影像在山林前交叠,碰撞出诡异而惊艳的画面。所有观众都目瞪口呆。

颂唱完毕,徒弟又一面敲鼓,一面诵经咒,诵唱越来越快,鼓声也越加急促。猛然,他翻转羊皮鼓,单手半举,纵身一跃,将青稞籽掷向鼓内。听到鼓内发出咚咚的响声后,尾随他的一行人欢呼雀跃,开始载歌载舞,从山腰另一侧而下,进入观众区,向众人敬献酒肉,最后,万人同饮砸酒,歌舞作乐。

郎加木通常在徒弟颂唱完最后一首歌时便会离开,留下纳吉陪阿婆参加剩下的活动。因为每次听完颂唱,他都会感到不舒服,就回家喝一碗草药,再到系着羌红的柏树前,拜一拜,占上一卜。传统的占卜术种类很多,他经常使用的是两种:青稞卜和柏木卜。柏木卜多用于了解神灵旨意,卜算神路。但因适合作神树占卜的古柏并不多,所以他以前很难使用一次这种卜术。现在交通便利了,柏木更好获取,他就换作柏木卜直接与神灵"沟通"。在进行了几十次的柏木卜后,郎加木脑子里忽明忽暗的画面愈渐明晰,他看清了地动山摇里的那些人。有一次,那个带头的人转过了脸,对着身后逃命的人群嘶吼。虽然只是一刹那,但郎加木却看见了事实,原来他全想错了,那个人不是他以为的那个人……

随即,他做出一个决定:独自去一趟神山。

下 篇

午夜,暴雨如注。罗天羽在气象监测室紧张地盯着屏幕上的曲线。从第一滴雨水落在她脸颊上开始，她就神经紧绷。山里的秋季，不应该下这么大的雨。

随着曲线上升，监测室的通讯器都亮起来，一个声音低沉而紧迫："全体注意，龙门山 12 小时内降雨量达到 60 毫米，且降雨可能持续。从现在起，发布暴雨蓝色预警，实行 24 小时值班，加强预防……"

罗天羽看了一眼屏幕下方的倒计时数字，离旅游节结束——也就是"龙门阵"启动典礼——只有三天。她祈祷着天亮时雨能停，千万别让游客们扫了兴。

为了这个启动典礼，她用了两年时间筹划，准备将"压轴好戏"留在旅游节的最后一天。在旅游节的一个月里，她带领的小组和气象组密切配合，就是为了防止天气异变增加启动典礼的不确定性。然而，天公不作美，在这关键时刻，居然下起了暴雨。此刻的她，不禁想起了郎加木和天神。她对工作人员说："启动防御系统一号，查明降雨原因，控制地热调节雨量，同时用卫星实时监测地面情况，辅以'龙门阵'监控地下情况，一旦发现数据异常，立即上报！"

熬过一夜，天快亮时雨小了些。罗天羽眯了两三个小时，醒来时已将近中午。经过十几个小时的排查，工作人员向罗天羽汇报："罗教授，目前旅游区是安全的，但上游几座山体发现了异常。你看地形图上这些标红的部位都有山体松垮的现象，应该是因以前地震产生了震裂松动效应，会不会……"

"嗯，雨水很容易进入这些有'内伤'的山体，以前强降雨时我们都监测过,你排查的这几处地方我都很清楚,还专门去调研过,所以有它们的基础数据。你可以把那些数据调出来进行比对,就更容易知道它们的走向了。"罗天羽打断工作人员的担心,指导着他操作,"对,就是把这里面的数据导入图像……如果你只看动态数据,会在心里放大恐惧信号,但有了基础数据作参考,就明白这些山体其实没那么容易垮掉,它们的蓄水能力比理论推演的强大,等等,这座山的数据变量有点高,你切入进去看看。"

屏幕上的地形不断放大,能看见一片树林,罗天羽看清了那个地点的经纬度,是靠近神山的另一个山头。这里虽然平时并没有人住,但只要有风险的地方就不能抱侥幸心理,于是道:"这座山植被太密集,换高精度的卫星遥感看看坡体深部是否变形。"

画面切换,整座山的密林被隐去,山体裸露,内部构造被剖得一清二楚。工作人员看着跳跃的数据说:"发现坡体隐患,有裂缝出现,按变形速率来看,正处于加速变形阶段……"

"等等,那是什么?一个人?"罗天羽眼睛的余光扫过屏幕,注意到一个活动的小点。

画面从山体移至小点上,罗天羽对那模糊的身影产生不祥的预感,她想了一下,立刻掏出手机拨通了一个电话:"喂,郎加木,你在哪呢?"

"山里啊。"电话里的声音很轻快。

"哪座山?你是不是去神山了?"

"你怎么知道?"对方的声音有点惊慌。

"你在那里干吗！"罗天羽莫名地怒了。

"你管我！"郎加木也怒了，立刻挂了电话。

罗天羽愣了愣，再打，对方已是关机的状态。

她本来应该生气的，但此刻内心里却只有慌乱。屏幕上的数据和郎加木的处境让她又想起了那个夜晚。石块夹卷着被粉碎的树木残枝，不断砸向碉房和逃窜的村民，滚滚烟尘铺天盖地地袭来，轰隆隆、轰隆隆……她的脑子炸开，四周的影像变得断续，继而在她的瞳孔中消散。

工作人员在说话，罗天羽有点听不清，晃了晃脑袋，才听见工作人员在问："罗教授，这个人怎么办？要不要通知巡逻队……"

"不必了。巡逻队不能乱，他们现在任务很重，必须确保关键岗位。那个人……交给我。"罗天羽挥了一下手，随手拿了一件外套，就往外走，"你们继续监控数据，有任何异常立即通知指挥长还有我！"

她跳上一辆越野车，独自沿着江河往上游驶去。她知道，除了她没人能将郎加木劝回，就算强行拉回来，只要不把他关起来，他还是会回去。她只能亲自去一趟。她不想看见那晚的灾难再次降临到自己亲人身上。

车控台的电子屏幕里，海拔和雨量的数字成正比增加，挡风玻璃清晰度越来越低，幸而这些年山路修得平坦，车速并不受大雨的影响，罗天羽反而比预计时间提前到达了山脚。她知道山上有一座碉房，在这样的大雨下，郎加木只能躲在里面避雨。

好在有土路通得过去,罗天羽走一阵跑一阵,很快看到了碉房。她紧走两步,一脚踹开房门,看见正在火塘边生火的郎加木,怒视着他说道:"你到底想干什么?"

郎加木点燃了火,抬起头:"来得挺快,要不先把衣服烤烤?"

"我没时间和你废话,这里不安全!"

"你们也知道了?这里确实不安全,要发生地震了。"

"你在胡说什么?"

"地震啊,你不是也因为这个来的吗?"

"我说的是这里快发生滑坡了,就是后面这座山!"

"哦?那和我预测的不一样。我是占卜到要发生地震了,会有一场大灾难。"

"占卜?开什么玩笑!你冒着雨大老远跑来,就因为占卜!"罗天羽已经到了忍耐的极限,"就算是地震,你跑到这里有什么用?"

"我要阻止地震!"

"呵!"罗天羽几乎气得说不上话来,"你现在赶紧跟我走!"

这时,罗天羽的通讯器里传来一个男人的声音:"罗教授,我们看见您的位置了,请马上离开,按山体裂口发展的速度,预计将在六分钟后发生滑坡!"

"收到,指挥长!"罗天羽应道,立刻抓起郎加木的袖子,瞪着他看。

郎加木从没见过这样的罗天羽,知道她不是在危言耸听,不再犹豫,跟着她一路小跑。越过深沟,他俩刚到废弃的科研基地，就听见了牛吼般的山鸣。郎加木回头，想起当年站在碉房顶与这边基地遥遥相对的日子，有一种恍忽感。

山体明显松动了，高处出现一道巨大的裂缝，裂口急速张开、下挫，后壁不断坍塌，如大坝泄洪般坠流。随着滑移速率急剧加大，山体两侧及前缘表部也迅速坍塌。郎加木拼命向滑体垂直方向的高地跑，但滑速加剧的山体产生的一股股气浪，让他站立不稳。当感到滑体已紧逼后脊背时，他下意识地抱紧身旁的一棵大树，闭上眼睛，念起经文，然后只觉耳旁刮过一阵强风，很快就又停止了。

待他感到一切平静下来，睁开眼后，才发现自己连同大树已被推移到距原地较远的地方。他从泥土里站起来，看见滑体已滑至旁边那座山的山谷，并将一条河的主河道隔成了两段。

罗天羽比他先一步躲开了滑坡，她站在高地上等他，然后一起上了车往回开。

"这次我可救了你一命。"罗天羽心有余悸，"滑坡从稳定到滑移，会经历土体蠕变、应力调整、能量积累和总崩溃这么一个累进性破坏的过程。这座山崩溃至少经历了几十年时间，最后积聚变化阶段也有一两个月，你能恰好赶上它爆发的时刻，运气真'不错'。"

郎加木沉默不语。

罗天羽转过头，见他脸色铁青，以为他被吓着了，犹豫着要不要说点安慰的话，通讯器又响了起来，一个很急迫的声音在问："罗教授，您那边怎么样？"

"我很好,正在回来的路上。"

"罗教授,有件事得向您汇报。"对方语气略显沉重,"刚才滑坡发生时,我们监测到三次滑动震波,在确定震级的过程中,意外发现有其他波形干扰。我们立刻与地震观测台联系,得知龙门山地震带与岷山地震带交界处在近日内将有地震发生,预测震级为四级。我们根据震源和波的传播路线推算,这次地震不仅会影响到龙门山,造成你现在所在附近的山体再次滑坡或崩塌,与刚才那次滑坡形成堰塞湖,还可能引发一场大型泥石流,威胁到景区和附近村庄!"

"快把地震坐标和其他所有数据传给我!"罗天羽一脚急刹停住了车,心像被人抽了一下,顿时冷汗涔涔。

郎加木见她打开手机投影,一个小型的龙门山地形立体图出现在面前。罗天羽将接收到的数据导入地形图,试探着各种可能性。最后,她沮丧地说:"地震的地方没有人烟,震级也不大,本来不在我们的监测范围之内,但没想到那一片山连同我们这边的,都存在同样的风险,因此它们将遭受与这座山一样的命运。"

"你们的模型会不会算错?"郎加木终于开口说话。

"99%的精准率。当然,我很希望出现那1%的错误。"

"看来那才是我占卜到的灾难。这里要发生的不是地震,而是地震引发的更大灾害。"郎加木神色凝重。他想起了当年反对建"龙门阵"的情景,原来自己占卜到云屯村将再次被掩埋的厄运并不是"龙门阵"造成的,而仍是地震。作为一直生活在大山中的释比,他非常清楚,不管震级大小,每次地震或多或少都会引起一些山体松动,为后来的次生灾害埋下隐患,就像埋下一颗定时炸弹,只要诱发条件满足,马上就会形成灾害链。人们通常都把注意力聚焦在地震瞬间的破坏力,其实那些长期潜伏在千沟万壑中的地质灾害,才是需要长期面对的敌人,它们的危害不亚于地震本身。

罗天羽叹口气说:"在建'龙门阵'之前,很多人都有疑惑,地震预警系统已经很先进,为什么还要花力气建这个东西?其实他们不明白,我们要对抗的不仅是地震,更是地震带来的次生灾害,那才是人类最大的威胁。只有用'龙门阵'除掉它,这些次生灾害才会真正减少,乃至消失。"她停顿了一下,又继续说道:"在我看来,'龙门阵'就是山神,只有它才能带给龙门山更多的安宁。"

听到这样大逆不道的言论,郎加木并没有像往常一样发怒。沉默良久,他居然平静地说:"龙门山是我们羌人的家园,我们世世代代一直就伴随着各种天灾这样过来的。其实,我担心的不是'龙门阵'有没有用,而是它在消减地震的同时,还会给我们带来什么。"

对这个问题,罗天羽现在没办法回答,也没有精力思考。她唯一确定的是:"龙门阵"必须提前启动,而她得马上翻过两座大山,到达神山顶上的控制中心。

监测室刚刚传来消息,滑坡后这片山区已经临时稳定下来,但去神山的路被塌方封死了,而直升机受天气影响无法起飞,他们要过去只能徒步。现在已经入秋,山里天黑得快,雨还在时不时地下,郎加木觉得这是不可能完成的任务。

指挥长也不同意他们就这么过去,要求他们再等等,等天气好转后,第一时间用直升机载他们过去。罗天羽却执意现在就要过去,她说越快到达,越快启动"龙门阵",越快吸收地震能,才可能更好地消减地震,让山体不滑坡或只是小面积滑坡,不至于形成堰塞湖。

"不行,你们和神山中间有一段路被冲断了,没法开车,这个时候根本没办法翻山过去。"

"我们现在所处的位置离神山很近了,我从小在山里长大,可以爬山过去!"

"从模型推演来看,晚几个小时启动'龙门阵'的效果,和提前几个小时差距不大。"

"你确定?那最终造成景区灾难,你负责?"

"我……"

郎加木听着罗天羽和指挥长的争吵,脑子里又出现了那个忽明忽暗的画面,他知道这次罗天羽是对的,他们不能等。于是,他打断他俩的对话:"你们都别争了,我知道一条近路。"

罗天羽摁下通讯器的按钮,暂时中断了指挥长的声音。

郎加木说:"我知道前面那座山有一条近路,只要在天黑前翻过我们现在所在的这座山,明早就有希望到达控制中心。"

"你怎么不早说?"

"我也才想起来，那条路我只去过一次，还是纳吉带我去的。另外，如果那条路也被堵死了，我们就只能明天再走。"

罗天羽松开按钮，向指挥长介绍了情况，很显然对方被说服了。结束通话后，她马上对郎加木努努嘴："我们走！"

罗天羽跟着郎加木走，心里踏实，因为方圆几百里没有人比郎加木更了解这里的大山了。人们把往外跑的路越修越宽，倒把山里的路冷落得只剩荒芜。在杂草丛生的树林中，罗天羽走了没多远便感到有些体力不支。郎加木心算着行进的速度，担心天黑前不能到达矿洞，不停地催促罗天羽。

"回到这种原始森林，你就知道自己有多不行了吧？"

这次轮到罗天羽不吭声了。

"知道我为什么要帮你吗？"郎加木试图转移她的注意力，好让她爬山不感觉那么吃力，"除了与你一样想阻止灾难外，主要是不想让你背黑锅。你我都清楚，如果这时候真有灾难发生，几乎肯定会怪罪于'龙门阵'工程。我知道很多人都与我有一样的疑虑，外面有一些不同的声音。"

罗天羽不愿承认这个事实，转而迁怒于他："如果不是你跑到这里来，我也不会被困在这里，还要跋山涉水才能去控制中心！"

"如果我不来这里，你就不会来；你不来，这里的滑坡和那么远的地震就不会引起你们关注，也就发现不了潜在的大灾难了。或许这就是占卜让我来的原因。"

"你这是强词夺理！"罗天羽想骂他，话到嘴边又憋了回去。郎加木所言并非完全不成立，他们的确不会特别关注这种天气下的小滑坡,更不会以滑坡为中心去监测"龙门阵"区域以外的小地震。

天渐暗,雨绵绵,林中黑得如被一张牛皮死死裹住,在手机电筒照射不到的地方,连山梁子都看不见了。寒气盖下来,温度骤降,郎加木和罗天羽都开始哆嗦,为了补充能量,他们只能顺路摘一些果子吃,勉强撑到了矿洞口。

在进入前,罗天羽拨通通讯器,让工作人员确认矿洞能否通行后,才和郎加木进去。

"纳吉失踪的那几天,就是跑到这山洞里来了。这羊很有灵性。"郎加木凭着上一次进洞的记忆,借着手机电筒的光,摸着洞壁往前走。罗天羽紧贴在他身后。他察觉到她的害怕,故意放慢脚步:"你知道灵性这种感觉吗?你肯定不知道。我曾经问过阿爸,为什么释比能占卜,他说靠的就是灵性。为什么我们释比能预感到各种灾难,而你们不能?因为在同一环境里,我们是在顺从自然中适应,你们是在改造自然中适应,我们保留了动物的灵敏性,而你们却让这种动物本能退化来……"

话到一半,罗天羽突然往下一滑,郎加木条件反射地将她往后一拽,才没让她继续往下掉。两人急忙后退。郎加木用灯光一照,脚边竟是一个深不见底的裂缝。他喘着粗气说:"上次来都没这个。"

"可能山体有异样。"罗天羽往裂缝内探了探,摸着胸口不断加快的心跳,才发觉脚崴了,有些疼。她就地坐下,揉着脚踝,一边喘气,一边体会着郎加木刚才的话,这才发觉自己以前并不懂郎加木，只是一厢情愿地觉得他固执和迷信。其实他说的没错，人类在文明进程中每前进一步，就与大自然疏远一步，天生的灵感也就减退一步。但这种减退又是相对的，它只是针对人的感官而言，若是从科技和文明的角度讲，那人类又是在不断进化的。所以，不管他俩的观点有多对立，对各自做的事有多偏执，目的都是预知和消减灾难。

郎加木趴在裂缝处，用手机灯光仔细观察了一下，发现裂缝两侧还有细缝，紧张地说道："我们得赶紧走。"

他扶起罗天羽，借着微弱的灯光继续向前走，不敢再说话，谨慎地挪移每一步，终于挨到了洞口。这时雨已经停了，月亮慢慢露出云层，能隐约看见大山的轮廓，也能听见某种鸟啾啾地轻叫。

"看，神山就在那边。"郎加木朝前方指了指。

罗天羽看见了那个"平头"山，也明白了自己的位置。她赶紧把洞里的情况通报给监测室，让他们特别关注。然后找了根树枝当拐杖，跟着郎加木向神山跑去。

当山鸡的叫声脆生生响起时，他们终于到达了神山顶的平台。

地面上都是泥，平台坡沿与周边树林过渡得毫无违和感，就像这里原本就是一块平地，是大自然的巧夺天工。郎加木举目望去，没发现任何肉眼可见的人工痕迹，正在困惑时，只听罗天羽对着通讯器说了一句暗语，山顶中心突然凸起一块圆形的小平台。那小平台升至两米高，呈圆柱体，像有人从地底向上顶出了一块积木。他看呆了,不承想山顶下面还藏着这般"玄机"。

圆柱体的侧壁裂开一条缝,仿若一道推拉门,自动朝两边敞开。罗天羽用眼神示意,郎加木便扶着她进入了圆柱体。

圆柱体下行,郎加木借着亮光瞄罗天羽,已记不清上一次如此近距离看她是什么时候了。他发现她并非远远看上去的那么光彩照人。她眼袋很深,眼角有了细纹,两颊凹陷,满脸都是疲惫。在柔和的灯光下,她已不是他印象中那个倔强的少女,也不是性格孤傲的地震专家,倒像是在山林迷路的游客,眼里写着的只有旅行中的倦怠和迷惘。

圆柱体轻微一顿:到底了。门打开,外面是一个敞亮的世界,穿戴一致的工作人员如在流水线上的机器人,各自忙碌着。

罗天羽为郎加木指示前去的方向,边走边说:"这就是'龙门阵'的控制中心,我们准备在这里通过直播举行启动仪式。"

一条条银丝在郎加木头顶星罗棋布,像一幅被艺术家勾勒后的星空图,令他着迷,让他不由自主放慢了脚步。他问:"那是些什么东西?"

"是地下森林。几年前,我在开工仪式上做过介绍,那次呈现的'龙门阵'图像很粗略,现在这个,才是精确图。换句话说,这里所展现的才是'龙门阵'的精髓。"罗天羽停下脚步,举起手,用拇指和食指随意去拈一根银丝,虽是隔空,却将那银丝牵引了下来。银丝在被她下拉的过程中,逐渐变得粗大,待能平视时,已呈现被连根拔起的树状。

罗天羽看了看它顶上的标注,说:"这是二期工程的 1978

号地震能装置,位于龙门山断裂带北段,近岷山地震带,北纬31.67°,东经103.77°,目前施工已完成78%,预计在一期工程结束后两年内竣工。"她晃动手臂,地震能装置在她两手之间旋转。"作为总设计师,我毫不隐瞒地说,这设计灵感正是来自我们羌族对大自然的崇拜。'龙门阵'建在龙门山,应当融入自然,成为万物有灵的一部分。所以,这一个个装置似树,整体工程就是一片森林,而减控地震的关键部位呈网络状的根系,它们就像真正森林的地下网络系统,形成一种根系效应。"

她说的这些,这么多年里郎加木不止一次听过介绍,但从来没有像今天这样认真倾听并由衷感到震撼。罗天羽联合其他团队一起,专门为"龙门阵"研发了一种特殊的液态金属材料,它可以像水一样渗透土壤,也可以穿透比钢铁还坚硬的岩块,还可以感知隐藏在地下的能量,找到它们,并吸收、储存或传输,最重要的是,它不会造成污染。通过控制中心的超级计算机,这些有灵性的材料可以共享信息,以最优的方式交互为网络,获取地震能,消减地震,形成一个完美的金属生态系统。

罗天羽对着悬于空中的"根丝"比了个手势,"根丝"上浮,飘至头顶的弧形巨幕,就被吸附到"星空"里去了。"这些以后再说,现在得先去看看情况。"他们走到控制台前,大屏幕上的画面切换到了龙门山。

从高空俯视,这是郎加木第一次见到这个超级工程的全貌,才知道为什么它被称为"龙门阵",因为它覆盖于龙门山断裂带,排成一个特殊的阵列。虽然他不清楚阵列排列的缘由,但知道屏幕上的每一个点都代表着一个地震能装置,它们分布在深山里,远远看去,似乎是以神山为中心。那些点与山林高低不一的深浅颜色构成一张人脸。他觉得那人脸像极了神杖上雕刻的神像——"鬼王头"。

天未明,直升机载着指挥长和其他几位领导也到了。

郎加木站在角落处,屏幕上跳动的数据令他眼花缭乱,他只好把注意力放到每个人的脸上。当他发觉罗天羽不安的神色后,知道这一切还不会那么快结束。

果然,他听见罗天羽在调试了所有方案后对指挥长说:"预测到的地震介于'龙门阵'一期和二期工程之间,我之前预计一期能够触及那里,但现在看来还差一点,这也是为什么那里有地震却没第一时间引起我们注意的原因。"

"那怎么办?要不先启动应急预案?"一位工程师问,看样子他是罗天羽的副手。

"应急预案一启动,所有人就都知道这里出了问题,'龙门阵'启动之日变成灾难之日,会被别有用心的人拿来攻击我们的项目。"

所有人都不约而同把目光聚焦到了罗天羽的身上。

罗天羽走到主控机前,让操纵员调出当前机组状态。在核对上百个关键参数后,从发现的千分之一变化中,提出一个新方案。她为在场的人演示,说:"现在值得一试的方案,只有这个。简单来说,就是把二期的地下机组与一期连起来,由一期带动二期提前运转。"

那位副手立刻提出疑问："罗教授，每一期工程所需的驱动力可不一样，你这样硬把两期工程捆绑在一起运作，岂不是用一台发动机去驱使两台车吗？"

"一台发动机当然不能用在两台车上，但如果是用一辆车去拖动另一辆车，最终它们还是能到达目的地的。"

"你确定能拖得动？"指挥长问。

罗天羽不点头，也不摇头，只说："走吧，事不宜迟。"

指挥长即刻安排了直升机，郎加木尾随着罗天羽要上去，指挥长想阻拦，瞟了一眼罗天羽，又收回了命令。

飞机飞越一座座山头。经过矿洞所在的那座山时，郎加木看见有碎块在不停脱落，一条线状裂缝明显出现在山体的光秃处，好似有一只巨手随时准备将大山掰开。他不由感到一股冰凉从头顶灌到脚心。

飞机飞得更高了一些，郎加木更真实地看见了"龙门阵"，它和在控制中心屏幕上所见的并不同。那些在彩林间的银色装置，下宽上窄，方圆搭配，造型优美，仿佛一位位银装少女在秋风中孤傲地守候，只需眉眼一扫，其所迸发的耀眼的光就能将大山的鲜妍色彩碾压下去。一条筑在断裂带上的石砌物像少女纤腰间的飘带，绵延数千公里，无形中将孤立的它们联系起来，构成了"骨髓"里流着浓浓"血脉"的族群。此时，郎加木觉得"龙门阵"不再像人脸，而像演出前少女们在舞台边静列候场的一幕。

飞机降落在一处裂谷。郎加木抬头,望着刚才的少女变成庞然大物,遮住了大半个天空。他想,这种感觉肯定就像蚂蚁站在一座庙宇下,看庙檐层层叠叠遮蔽阳光,只留下一片阴影。

除了郎加木,到场的所有人瞬间忙活起来,一些简易设备魔术般出现在了空地里。郎加木看见一棵柏树,就从怀中掏出一根长长的羌红,双手合十拜了拜,将羌红拴在柏树上,念了几句经文,然后走向全副武装的罗天羽。那时,罗天羽和四个工作人员已穿戴好防护服,在做进入地下的准备工作。郎加木觉得她应该有话对他说。

罗天羽半张脸被面罩遮住,只露了一双略肿的眼睛在外面。她见郎加木走过来,云淡风轻地说道:"别担心,'龙门阵'分为三期修建,二期工程的基础设施已完成,只有驱动部分还在建,所以用一期的驱动力来运转二期机组是没有问题的。"

"你不去不行吗?"郎加木关心的不是她说的这些。

"当然不行,我是这个工程的总设计师,我必须要在现场,如果临时遇到什么问题,只有我才能提出最佳解决办法。"

在下飞机前,郎加木偷听到指挥长劝她不要去,知道她其实是可以不用去的,但她一向都是那么固执——源于他们基因里的固执。所以,他也不再说什么,只在罗天羽转身时说了一句:"你说得对,我们释比只能占卜未来,但你们,能改变和创造未来。"

罗天羽愣了愣,隔着面罩,淡淡一笑,尽管她知道郎加木看不见她的笑,却觉得他可以感受到。

准备工作就绪,罗天羽和工作人员步入机舱,开始朝这片山地的深部下沉。

郎加木站在指挥长身后,焦躁地看着机舱的情况。在指挥长面前,是一个地下智能可视化装置,可以通过三维实时影像显示地底的任何变化。随着机舱的层层深入,"地下森林"像一幅水银画般逐渐铺展开。机舱滑行在"森林"中的小道上,后面拖着一条长长的尾迹,像蚯蚓一样蠕动,在那些液态金属的"根系"里寻找"主根"。

郎加木不知道这群人是怎么做到深入地球内部的,但这个场景让他想起羌族一些古老的传说。传说地下生活着龙,它是山神的坐骑,山神有事离开时,地龙就在地底肆意妄行,那时就会引发地震。所以,羌人要在释比的引领下,拜祭山神,请求他管好地龙,避免地震的发生。郎加木没见过地龙,更没见过山神,但他觉得眼下的罗天羽就是山神,她正驯服着地龙,阻止它去制造地震。

机舱下沉的速度逐渐缓慢,地壳内的温度和压力随深度的增加不断上升,可视化装置里跳跃的数据让指挥长和他身边的工作人员都紧锁眉头,大汗淋漓,直至他们听到通讯器里传来"找到目标"的讯息,才擦一把额头的汗,或是稍微舒展一下紧绷的身体。

机舱外的机械手按程序开始作业,先导入高温,将凝固的液态金属熔化,再通过一条渠道把它们聚拢,最后导出高温,将它们再次凝固。从可视化装置里看去,像有一只"手"在将两棵大树的主根"打结"。

一位工作人员根据实时传输的数据向指挥长汇报着进程，当进行第二步"渠道引导"时，他突然停止了汇报。

"怎么回事？"指挥长察觉到什么。

"卡……卡住了。"工作人员吞吞吐吐地说，"通道上遇到大型刚性地块，里面的岩石结构稳定性极高，硬度很大，液态金属无法流过。"

"罗教授怎么说？"

"她说唯一的办法是诱导附近已有的液态金属'根系'发育，从两端向中间主动定向延伸，通过联网绕过那段地块，但现在时间紧迫，为了节约时间，她想一个人去刚性地块里导引液态金属。"

"不行！"指挥长抢过工作人员的通讯器，黑着脸说，"罗教授，我不允许你去！"

通讯器里一阵沉默，许久才传来罗天羽的声音："这里没有人比我更了解地壳以下的情况了。再说，穿针引线也是我最拿手的，别忘了我是个羌族女人。"

指挥长看了看郎加木，冲他打了个手势，让他靠近，说："劝一下你姐，不能让她一个人去！"

郎加木喉结动了动，没有接通讯器，也没有说话。

指挥长骂了一句，把通讯器扔给工作人员，生着闷气走开了。

很快，机舱体就"分身"出一个小机舱，罗天羽独自驾驶着它，进入了液态金属的根系。小机舱仿佛一个小型潜艇，在液态金属的地下管网里游动。到达那个刚性地块边缘后，罗天羽立刻开始扫描"根系"，选择合适的方向进行定向诱导，给适合连接的根系"打结"。

郎加木看见，视频里的地块只有指甲盖大小，罗天羽的机舱每前进一小步，就有一丝细线从一头缓缓伸向另一头，他的心也随着那些细线越来越接近目标而忐忑。他仿佛看见罗天羽骑在地龙之上，就快要驯服它了。

就在细线穿透地块，与主根的延长线相连时，地面猛然摇晃了起来，但仅仅几秒，晃动又停止了。当郎加木还在为这次晃动纳闷时，就听见指挥长在吼叫："二期工程启动，快监控运行情况！"

工作人员调出图像和数据。视频里，只见一道红光沿着"打结"的主根蔓延，迅速将整片"地下森林"染得鲜红——与郎加木占卜时看到的森林一样红。工作人员激动起来："起作用了！'龙门阵'开始吸收这边地震积蓄的能量！"

在场的人一片欢腾，为这一刻的到来互相拥抱。

指挥长却丝毫没有放松，保持着紧张状态，命令道："快联系地下机舱！"

通讯器里传来断断续续的电流声，所有人都安静下来。

在不断地呼叫后，通讯器里终于有了声音："报告指挥长，机舱受到一期工程驱动力的冲击，有部分设备损坏，但主机完好，剩余能源也充足，我们已在返回地面的途中。"

"罗教授呢？"

"罗教授那边……没有信号,"那声音变得些许哽咽,"我们联系不上了……"

郎加木无语凝噎。他怎么也没料到,他猜对了结局,却没猜对这个结局的主角。在那忽明忽暗的画面里,他最初看见灾难中的那个人,以为是罗天羽,他便不想让她回云屯村,竭力赶她走;在画面逐渐清晰中,他看见那个人回过头,侧脸很像自己,便以为"救世主"不是罗天羽,而是他,所以他才跑回神山,哪怕牺牲掉自己也要阻止灾难发生;现在,当"龙门阵"成功减缓地震时,他才在画面里看清了转头的那个人,竟然是罗天羽!

云层遮住太阳,只留一束光照下来,将在场每个人的影子拉长,定格在大地流逝的光阴里。只有柏树上的羌红,在风中孤寂地飘舞。只有郎加木留在嘴边的那两个字,被裹挟进了庞然大物低沉发闷的回响中。

"姐姐。"

尾 声

——为了释放地下能量,避免能量蓄积引发地震,"龙门阵"首先吸收地震能,把能量储存起来,再进行能量转化,而不能转化的则用于能量疏导。能量转化主要用于发电。根据超级计算机演算,"龙门阵"建好后,将会为地方经济发展带来乘方效应,仅是利用地震能发电这一项目,就可拉动总产出增长 652 亿元,使经济增速超过 0.4 个百分点……

——不能转化的部分能量，是将其疏导至没有人烟的地方，正如把一枚置于城市而无法拆除的炸弹运至空旷之地再引爆。这样不仅可以避免人员伤亡，还可以借此做地震科学研究。因为现阶段科学家依靠人工地震技术对地球的了解已到了瓶颈期，若能将地震引向固定的地方，利用天然地震进行探测，必能探到地下更深、范围更广的地方。通过处理地震波信号，就可以推断地下更多岩层的性质、形态，以及地壳、地幔、地核的相关信息等，实现地学多方向研究的突破……

——修建"龙门阵"的初衷是为了消减和控制地震，但它也会像其他超级大工程那样发挥多重效益，比如发电、科研，以及它带动的第三产业，尤其是旅游业，经济效益和社会效益都将日渐显现。施工道路会在工程结束后修整为旅游公路，成为连接大山与城市、景点的天然纽带……

——我们将致力于推动"龙门阵"区域一体化，促进它沿线相关产业的融合发展，形成产业的联动效应，使它成为全世界独一无二的实用型景观。未来十年，龙门山的地震旅游经济将高于除发电项目以外的其他类型经济的增速，为当地经济增长作出巨大贡献！

秋天，旅游节又开始了。云屯村依然热闹。四周建起了各种广告牌，宣传广告循环播放着，虚拟人每天都在彩色的大山上空徘徊，为游客们进行"龙门阵"的解说。它们以空洞的目光与村里人的目光交叠，像跨越了时空的凝视与对望，在缝合的时差中,构塑着一个民族的今生与未来。

时间应和着释比的经文,如流水般淌过。郎加木终于答应表演节目。现在交通和信息发达,融入新生活并不一定要搬下山了。徒弟问他表演什么,他说正好是农历六月初六,就演每年这时羌人都会举行的大禹诞辰祭祀活动。

郎加木要求在神山上演出。他在祭祀中穿插了一段《九顶镇龙》,那是大禹传说中的一则故事。演完后,徒弟问:"师父,这段怎么和您以前口授的不一样?"郎加木答:"这次表演的才是真正的大禹,大禹治水之后并没有离开,而是继续治地。"

太阳缓缓落下,低垂的云映衬着晚霞,像火塘里的火在山峦上燃烧。郎加木在霞光那薄薄的温暖里,坐在碉房顶上,避开村里闹嚷的游客,安静地吃着阿婆做的洋芋糍粑,每咬一口,就喝一口自酿的咂酒。又黏又糯的糍粑借着酒下肚,让他觉得生活像找到了一个实处,再也没有莫名的恐慌。

这天,在霞与霞相接的天际,在广告牌光束映照的山路上,郎加木看见阿婆牵着纳吉,一瘸一拐地从远方走来,后面跟着一个姑娘。她戴着羌绣头帕,穿着花边衣衫,胸口挂着银牌,腰间系着绣花飘带,脚上蹬着一双云云鞋,就那样轻盈地走来。

深渊尽头

剧烈冲撞。井喷似的焰光。白色深渊。

矿难发生时，我刚好解除安全带，结束一天的工作，向厨食舱潜行。事故发生得太突然，如一头猛兽从暗黑森林窜出，让人猝不及防。我的大脑捕捉到遇难信号仅一秒，就被一粒碎石击中太阳穴，脑子瞬时一片空白，像坠落万丈深渊。我昏厥了过去，等再恢复意识，首先闻到了饭香，然后感觉饥肠辘辘，最后才发现腰部剧痛，动弹不得。

矿难发生时，我不仅被碎石击中了太阳穴，还被一块碎裂的大石块撞上了，它巨大的冲击力将我撞进了厨食舱，不偏不倚的，就那么帮我侥幸躲过一劫。但厨食舱并没比捕获船好到哪里去，小行星受到撞击时，圆柱状的捕获船瞬间折成两半，一半落入茫茫深空，一半像枝头的枯叶挂在小行星上，被碎块撞得千疮百孔。

矿难发生时，老厨师长正在为矿工们准备晚餐，他远远看见我,提前打开了舱门。当时厨食舱处于捕获船的一侧,被其庞大的身躯所掩盖,在捕获船为它挡住大部分冲击的一刻,老厨师长敏捷地抛了锚,把小行星作为舱体的驻点,才不至于被冲击波"撞飞"。可是,它仍然受到了严重破坏,无法再启动,这之后,就不得不随着小行星一起漂流。

老厨师长为我支起上半身,将一盒饭搁在我身边,冷冰冰地说:"吃吧,今天就这些,以后每天,也只有这些。"

我抬起酸胀的手臂,努力伸直,又弯过来,把食物送进口里。我一边吃,一边朝舷窗外张望,那里始终是一片黑,像被黑布捂住了。

"别看了,我们已经被撞出小行星带。"老厨师长咂巴着干瘪的歪嘴,"信号全部丢失,在这方圆万里之内,能目测到的活物,就我们两个。"

"捕获船和户外作业的矿工呢?"我明知问这话是多此一举,可还是想再次确认。

老厨师长取下八角帽,扔到一边,顺了顺稀疏的头发,显得有些不耐烦:"捕获船的船头还在,至于人,鬼知道呢。真是倒霉透顶,如果我晚来半个小时,就遇不到这糟事。"他说的没错,今天他提前到了。他的厨食舱主要为小行星带 D 区的捕获船供食,这个区域的捕获船不多,但也不少。他每天从早到晚游离在捕获船之间,面对近千名矿工。他不一定认识我,但我们都认识他。

他独自操控着这厨食舱,自我被分配到 D 区捕获行星,就一直在那里。他是个性情乖戾的老头,为我们分食时,总是随着性子,分少的工友抗议,他反把对方臭骂一顿,或是下一次给他分得更少,以至于后来没人敢惹他。食物在太空中尤为珍贵,他就利用分食这点特权,在矿工们面前耀武扬威。我们都讨厌他。

现在,我和这个讨厌的老头被困在狭窄的空间里,保不准什么时候他就会把我扔出舱外。

填饱肚子,我躺在床上,回想矿难前的日子,立刻被悲痛席卷,不禁为遇难的工友默哀。他们都与我一样年轻,满怀一腔热血,为建设火星基地而来——太空矿工的招聘条件极为苛刻,只有像我们这种身强体壮的,才会被挑选出来。但如今,他们都被埋葬在了这里。

在太空大开发的宏图中,月球是人类探索宇宙的前哨基地,火星是重要的中转基地。经过十几代人的努力,这两个基地的建设已基本完成,但要维持运转并不断扩建,就需要更多的资源。从地球运送资源的成本过高,利用太空现有的资源是最好的解决方法。于是,人类在地月之间的轨道安置了大型太阳能帆板群,直接提供建设基地的生产生活用电;再对月球进行月壤开发,将其中含量极高的硅物质加热,生产出优质的玻璃和水泥,用作建立温室大棚和基地的材料;最后,他们把目标瞄向了小行星。小行星资源种类比火星多,有的是纯铁镍球,有的含大量石英,有的还含有地球半个海洋的水量——铁镍资源用来生产太空舱和基地的金属主材,石英用来生产太空大棚的玻璃外壳，而直接电解太空水，几乎解决了人类剩下的所有需求。小行星引力相对较小，便于捕捉，因此成为建设火星基地的主要资源的来源。在这样的历史需求下，我们这群人，就成了第11批捕捉小行星的太空矿工。其实，我可以不用选择到捕获船上当矿工，在火星上采矿就行，那样风险会小很多。但为了逃避母亲的唠叨——父亲去世后她的爱令我窒息，也因为那一腔热血，我放弃了当星球矿工，在她发觉之前，登上了捕获船，远离火星上的那个家，开始在小行星带流浪。

我曾以为太空矿工是这个时代最孤独的职业，没有之一。但厨食舱唯老厨师长一人，也从未见他与任何人攀谈，他来来去去，总是板着一张脸，歪斜的嘴巴、打皱的老皮、黑褐的肤色，让他丑陋无比，或许也因此，别人都不愿与他来往。他发脾气时，如嗷嗷叫的牲畜，听不得人使唤；不发脾气时，便沉默寡言，就像现在，沉闷地做饭、清洗、擦拭，让厨食舱始终保持一种宇宙中的静音状态。我相信老厨师长和我们一样，也是因为要享受这种孤独才来到这里。他应该比我们更孤独，我也只好沉默。

后来，我睡着了。闻着饭香醒来时，终于忍不住说起话。我想通过这种方式，转移自己身心的痛苦。我问他："我们要在这里待多久？救援队什么时候来？"

他瞥了我一眼，嘴巴歪瘪得更难看："救援队？哪来的救援队？不是告诉过你，信号全部丢失了吗，我们联系不上外界，他们也定位不到我们！"

"那……那……"我僵住了,舌头打结,说不出话来。

"那该怎么办,对吧?"他接住我的话,把抹布往水槽一扔,揶揄道,"那就这样慢慢熬呗,熬到舱里的氧气和食物耗尽,然后,等死。"

说完这话,他就盯住我,眼睛里掠过的寒光,让我全身发怵。

"放心,我不会把你扔下去。"他看穿我心思似的,递给我一杯水,坐在床边,语气突然变得柔和,"我现在有点想和人说说话。正好,你在。"

"说……说什么?"我捧住水杯,紧张得把杯中水一口吞下。他那种阴晴不定的表情,令我更胆战。

"就说矿难吧。"他盘腿坐到床里边,可一条腿始终绕不过来,折腾了半天,索性把腿从身子上扯下去,扔到地上。我看着他那大腿的截面,是亮锃锃的金属,这才知道,他竟是个瘸子!

"这样有点难看。"他继续说,"但坐着舒服多了。你不介意吧?"

我胃里有些翻腾,但强忍着,摇了摇头。

"不介意就好。"他邪笑,那神情容不得我介意,"好了,来聊聊矿难吧。我从工作开始,就在火星上采矿,和矿产打了一辈子交道,经历了也看见过很多次矿难,可以说,这五十年内关于火星及其周围的矿难我都知道。你想听哪次?"

我又摇摇头,把视线从他那张布满蛛网似的枯脸上挪开,觉得好受多了。

"这样吧,我就从火星上的第一次矿难讲起。"他佝偻着背,一只手撑住下巴，胳膊肘抵在大腿根上，目光变得空洞。

"你指的是，尼利槽沟矿难？"

他从鼻腔嗯了一声。我的好奇心即刻排遣了其他不良情绪，直起身，前倾过去，有了兴致听他讲话。那场发生在火星尼利槽沟的矿难，是我父亲直到去世那天都不愿和我谈起的。我曾从其他人那里打听到一些情况，但现在，我更渴望从他嘴里听到一个不同版本的故事。

一艘私人太空游艇，缓慢地驶向火星。震耳的摇滚乐声中，一群人在频闪灯下乱舞。阿甲在沙发上坐了几分钟，实在忍受不了吵闹的音乐，端着酒杯走出聚会厅，径直到了走廊的尾窗。窗外，一片漆黑的背景下，是一个飘在太空的大气泡，气泡上的红斑格外耀眼：那是木星。从阿甲的视角，还能隐约看见环绕它的一条腰带，那是小行星带。他的思绪随着缓移的小行星，陷入深邃的宇宙之中。

忽然，尾窗上映出一个身影，迫使阿甲收回视线。身后传来一声温婉的轻唤，惊得他手中的酒杯差点脱落。他本是不愿参加这次聚会的，却被阿乙以同学会之名硬拉了过来。他来时，并未想到会见到阿丙，更没想到此时，这女人紧贴他的背部，他的后脖颈甚至能感受到她的呼吸。

"阿甲。"阿丙又轻唤一声。他机械地回过头，怯于直视日思夜想的前女友。倒是对方扑哧一笑，上身靠在窗沿上，将脸贴近窗口，手朝斜下方的一片深褐色指了指，直截了当地问道：

"想去那个地方看看吗？"

他不知所云，她便提醒他："深空探测前，那是你在火星上的最后一个项目，难道忘了？"

这话像把他从气闸舱一下甩到了外太空，他开始缺氧。他怎么可能忘记那个项目，只是不知道那个项目又开了工，而现在，他们正从它的上方经过。

不久，游艇轻微晃动，与火星基地成功对接，有人吆喝着要他们走下游艇。阿甲以为刚才那个不堪的话题就此结束，但阿丙却缠着他："阿乙已经答应我，要带我去那里看看。我邀请你一起去，好吗？"

阿甲不动声色，阿丙便用撒娇的语气问："你就愿意看着我和他单独出去？"

"你俩不是在恋爱吗？"阿甲冷笑道，"我不方便和你俩在一起。"在进行深空探测时，他就听说阿乙和阿丙好上了，而且两人婚期在即。

阿丙不悦，讥讽道："著名的地质学家——阿甲先生，三年前你对这个项目进行评估，把一切说得头头是道，现在到了这里，居然不敢去看一看自己的项目，难道是隐瞒了什么？"

"别胡说！"阿甲一脸怒色地说道，"去就去，正好这次回来，我也要到各个项目去收集一些资料。"

阿丙嘴角掠过一丝微笑，她就知道这招对阿甲有用，和对付阿乙完全不同。对付阿乙，她只需抛一个媚眼就能搞定大部分事情，就像促成了此次火星之行。

一群人在火星基地住下。午休时,阿甲看见阿乙驾着一艘小巧的太空机动飞艇驶来。按事先说好的那样,他们三人向那片深褐色驶去。

阿乙因升职心情大好,一路亢奋地高歌,阿丙在一旁助唱,只有阿甲眉头紧蹙,一副一筹莫展的样子。

往事随着飞艇的颠簸涌来。阿甲想起三年前的一天,阿乙找到他,给了他一个项目。这个项目是关于火星的矿物勘探,旨在证明,尼利槽沟区域富藏大量的稀有资源。他派了项目组去实地勘查,如期将地质报告给了阿乙。后来通过新闻,他得知阿乙还邀请了一些生物学家和环境学家,对勘探活动进行了环境评估,声称不会对火星的环境造成危害。再后来,他去了深空探测组,飞往浩瀚的宇宙深处,依然是通过新闻,得知阿乙所在的火星分公司,把这个勘探项目炒得沸沸扬扬,但中间屡次因勘探无果陷入僵局,最后不得不黯然收场。他认为那是最好的结局,没料到如今这个项目又开了工。就在刚才,他从阿乙口中得知,他们分公司是在半年前投资上千亿重启了此处的项目。

离那片深褐色越来越近了,阿甲看见一座座钻塔高耸在尼利槽沟底部,心跳加快,不安地猜测阿丙带他来这里的目的,但有一件事令他更加不安,那就是关于尼利槽沟的地质报告。

正想着,他忽然看见槽沟边缘的一个矿区,听见阿丙问阿乙:"那边是在开采什么?"

"铁矿。"阿乙降低飞艇速度,得意地回答,"南区的铁矿是我们在这里实施的第一个项目。"

阿甲心里一沉，目光锁在矿区，无法挪移。阿丙靠近他，捂嘴轻声道："南区铁矿已开采多年，据说导致槽沟地面产生了沉降，现在大型钻机又在这里下钻，可能会有些危险。"

"据说？危险？"阿甲疑惑地盯着她，"你怎么知道这些？"

阿丙将食指放在他唇上，让他安静。他甩开她的手："你对这里了如指掌，还专门找我来，到底想干什么？"

阿丙回头看了阿乙一眼，见没有引起他注意，又低声道："很多地方还是不清楚，所以找你来，想弄得更清楚。"她顿了顿，"想不想先去南区铁矿看看？"

"我……"阿甲刚想开口，阿丙就扭头朝向阿乙，嗲声嗲气地说："亲爱的，我想先去铁矿那边参观一下，行吗？"

阿乙立刻调转飞艇方向，抛给阿丙一个飞吻："当然没问题，你想去哪都行。"

阿甲思忖着，心神不宁。他比任何人都清楚，尼利槽沟的铁矿资源极为丰富，但因地质构造不同于地球，一旦深入开采就会对整个槽沟造成影响，如果还要在槽沟其他区域打钻，必定就会发生连锁反应，带来一系列危害。因此，他心里本来就悬着的那块石头悬得更高了。

飞艇稳稳地停在矿区，矿长前来迎接，在阿乙面前毕恭毕敬。

阿乙给阿甲介绍矿长，阿甲木然地点头，和矿长客套地握手，跟着他们在矿区转了一圈，随后，又与他们乘坐罐车，进入矿洞深处。下到矿里，阿甲看见宽大的巷道，异常吃惊，越往深处走,越感到脊背发凉。

在进入矿洞前,阿甲向矿长要了一个测量仪,一路测算着矿洞的方位,检查着矿的安全情况,完全没心思听矿长介绍矿区开采取得的成果。

一行人正走着,阿甲忽然停下脚步,将灯光照向头顶的拱壁。

"怎么了?"阿丙问。

"你们有没有听见什么声音?"阿甲仰头观察,"有点不对劲。"

"能有什么声音。"阿乙嗤笑道,"别疑神疑鬼,我们的矿洞非常安全。"他带着其他人继续朝矿洞深处走,阿甲落在最后,走走停停,留心着周围的变化。

沉闷的轰轰声从头顶传来,阿甲愈发确定自己并没听错,但阿乙的漠然让他无可奈何,当他再次将灯光聚焦到拱壁时,看见上面出现了一条细长的裂缝,不禁脸色骤变,喊道:"不好,快走!"

阿乙也看见了裂缝,却白了他一眼:"大惊小怪,一条裂缝而已,矿洞里多的是!"

阿甲不理他,抓住矿长的胳膊,恳切地说道:"快发警报,让这里的矿工赶紧出去!"

矿长为难,瞟了眼阿乙,阿乙把他和阿甲强行分开,奄拉下脸说:"阿甲,我带你来参观,是看在阿丙的面子上,你就别给我捣乱了,这里停产一分钟所损失的利润,你赔偿不起!"

阿甲见劝说无用,只好自个乘坐罐车先升上了地面,回到飞艇。这些年，他虽远在银河系外，却一直关注着月球基地和火星基地的新闻，越来越多的事让他感到担忧，比如星球矿山大面积沉陷，尾矿处理不当产生大量太空垃圾，采集岩土提取燃料时发生严重辐射事故……而他最放心不下的，就是他参与的这个尼利槽沟项目。

他本是个实诚的地质学者，但为了能去深空探测组深造，急需一些大型项目充实自己的业绩，就做了一件违背良心的事情。关于尼利槽沟的地质报告，他按照阿乙的要求偷偷做过改动，其实那里并没有稀有的矿产资源。他侥幸地想，阿乙的公司找不到稀有矿产自然会放弃，对尼利槽沟并无太大危害。可后来才知，阿乙的公司并不是简单地想寻找稀有矿产，而是想借此名义，将尼利槽沟整个区域的土地据为己有，开发新的基地，就像几百年前地球上的国家争先恐后地在南极洲建立考察站，以此来宣布自己的主权一样。所以，他们从小项目开始，很早就在南区进行铁矿的采掘。

就在他回忆往事的时候，飞艇进入了尼利槽沟中心，停泊在最大的一座勘探钻台上。

三人从飞艇出来，看见钻台上的人一团慌乱，钻机正发出一阵阵怪异的轰鸣。阿乙跑向机长，质问怎么回事。

机长脸色煞白，吐出三个字："卡钻了。"

"什么!"阿乙跳起来，对着机长破口大骂。他最怕的就是卡钻，因为钻头打下去，被岩石卡死，钻不动也退不出来，如果最终不能将钻头提起，整台机器就可能报废。

阿乙的骂声未落,钻台猛地颤动,忽地向右倾斜。一台运输机器人哐当倒地,骨碌碌滚下钻台,在沟底摔得四分五裂。

阿甲和阿丙跑到钻台边,探头向下望。阿丙没看出什么异样,阿甲却发现,沟底地面出现了裂纹,暗红的熔融物质正无声无息地溢出来。

"有危险,快叫大家撤离!"阿甲向阿乙大声呼喊。

阿乙额头冒着冷汗,却佯装镇定,对机长说:"别管他,先提钻!"钻井每打一米花费巨大,加上前期的投入,耗资不菲,他哪敢说放弃就放弃;再说了,他好不容易升职,准备大显身手,容不得别人在这里指挥、出风头。

机长听从了阿乙的命令,继续操纵机器,抓起闸把往下压,脸涨得通红,头盔罩也被蒙上了一层因用力而喷出的薄雾。

机器依然发出刺耳的卡钻声,几分钟过去,钻头还是提不起来。机长无奈地看着阿乙:"正转和反转都转不动,怎么办?"

阿乙急了,如果这台上千万元的新机器打了水漂,势必会影响他的前程。于是他冲过去,一把推开机长,亲自开动钻机,一试再试。

钻台又震动了一下,开始一点点缓慢倾斜。钻杆和散落的零件像雨点般往下掉,人也快站不稳了。阿乙终于意识到危险,无奈地冲机长喊:"快让大家撤离!"

"不!"机长带着哭腔叫道,似乎还没做好放弃钻台的心理准备。

"赶紧撤离,没时间了!"阿甲对着他高喊,突然又想起什么,掏出测量仪一看,倒吸一口凉气。

阿丙凑过来问:"怎么回事?"

"从测量方位来看,这钻台下钻的地方,就在南区矿洞附近!如果我没猜错,矿洞已经影响到了地层的岩浆室,让地层受到挤压而变形,所以矿洞拱壁上才会出现裂缝,导致这里的钻头被牢牢卡住!"

"那怎么办?"

"我必须马上回南区铁矿!"

"我跟你一起去!"不等阿甲答应,阿丙就率先跳进了机动飞艇。

鉴于情况紧急,阿甲不好再说什么,载着她风驰电掣地朝南区驶去。

到达南区上空,阿甲发现一切都太晚了。矿洞周围几百米厚的隔板显然没撑住地层熔融物质的压力,已经全线塌陷,黏稠的熔浆填充进岩层缝隙,在矿洞的残迹上汇成一条暗红色浆流。

飞艇盘旋了一圈,阿甲没见着一个矿工的身影,懊恼得一拳打在操控台上,如果刚才能发出警报,让这里的矿工及时撤离,现在也不至于所有人都被吞噬在地底。他垂着脑袋,感到胸口被一股巨大的悲伤堵着,喘不上气来。一只手搭在他肩上,轻柔地捏了捏,他回过头,看见姿色清丽的一张脸,一双杏仁眼流露着惊惧不安。他把手放在她手上,她陡然弯下身,紧紧抱住了他。

阿甲愣了愣,想起和阿丙谈恋爱那会,也曾有过这种情景,轻轻一笑。但他马上恢复了理智,推开她,振作精神,解除悬停的开关,拉动手柄,让飞艇重新加速。阿丙以为他们要从这里逃离,谁知飞艇却又朝着钻塔的方向开去。

"你干什么?"阿丙叫道。

"这不正是你想看到的吗?"阿甲说,"你带我到这里的目的,不就为了让我做出解释,以此获得更多的证据?"

阿丙别过头:"我不知道你在说什么。"

"一路上我都在想你为什么带我来,当你将我引向南区铁矿时,我就明白了一切。"

阿丙不再做声,因为阿甲说对了,她的确是在搜集这个项目的漏洞,想以此来要挟阿乙。

机动飞艇在槽沟半空划过一条弧线,很快,钻塔又重回到他们的视线。他们远远看见,塔台下面的地缝裂口越来越大,浆水由慢慢溢出变成了喷涌而出,迅猛地汇成了滚滚浆涛。钻塔倾斜得更加厉害,上面的矿工纷纷朝飞船上逃窜;来不及逃的,都拼命地往钻塔倾斜的反方向跑。人们惊恐万状的情景,像极了快要沉入海底的泰坦尼克号。

就在倾斜到四十五度角时,钻塔轰然折断了,连同沉重的钻台,翻进滚烫的岩浆。刹那间,浓烟冲天,坠落的物体迅速被熔化,尸骨无存。溢出地表的岩浆,像刚出炉的钢水,在幽暗的火星上,用炽热的火光把尼利槽沟映得通红。

阿甲心惊肉跳,感觉死亡的气息笼罩在头顶。他用力提拉舵把,准备离开这片已无可挽回的地带,可阿丙将他的手摁住,往一旁指去。他看见,一架航运艇被喷出的浆石击中,正摇摇欲坠,有人在舱口挥手求救。那人,正是阿乙。

他和阿丙面面相觑,迟疑半秒,将飞艇掉了头,向阿乙驶去……

老厨师长讲到这,戛然而止,我以为他只是停顿一下,等了半天,他却一直不说话,像陷入了某种沉思。我着急地问:"那个阿乙,被救起来了吗?他们三个,最后有没有逃出去?"

"阿甲和阿乙逃出去了。"他的声音低沉得沙哑,"阿丙……死了。"

"怎么会……"我还想再追问,忽然意识到,他的讲述过于直观详细,不像是旁人在描绘一个故事,而像是一场……回忆。

他微仰起头,眼角好似有泪花,发觉我在看他,随即别过脸,避开了我的目光。这时,舱窗外有什么东西晃过,他惊跳起来,来不及装上机械腿,单脚就跳向窗口,趴在那里张望。

"是什么?"我掀开被子,也想下床去看,但腰部的剧痛,迫使我放弃了。

他回过头,恢复了那张死灰的脸,也恢复了他的不耐烦,睇视着我说:"不关你的事!"

"是救援队?"我不依不饶。

"别痴心妄想了,我们被彗星撞出了小行星带,鬼知道我们在哪。"他又单脚跳回来,捡起地上的腿,咔嚓咔嚓地重新装上，"这种撞法，只会让所有人以为我们都遇难了。"

"那刚才的东西是什么？"

我反复的问话惹怒了他。他装好腿，试蹬了两下，再走过来一脚踢在床脚上，蛮横地说道："在这里，一切都得听我的！我不想说话，你就别说；我不想回答，你就别问！你只管吃喝养病，等着死神来临！"

我也恼了，大吼道："既然迟早要死，还养什么病？我不需要你的施舍！"

"你提前死了，我一个人多没意思。"他似笑非笑地说，"这么多年，没人听我说话，正好你来了，可以当我的听众。"

这下我懂了，在太空最后的日子，他要以自己的方式狂欢，然后拥抱死亡。

可我不想认命！我在心里盘算，如果我能恢复体能，一定要拼死一搏，想方设法发出求救信号！如今的厨食舱，虽是随残损行星漂浮在宇宙的一叶孤舟，但万一能遇上可以靠岸的星球，还是值得祈祷。

在这之后，我便依顺了老厨师长，任由他照顾我，听由他讲故事，以积蓄自己的体力。不知为什么，他后来讲了很多次矿难，但在我脑海里浮现的，始终是尼利槽沟矿难的故事。那是我听过的最生动的版本，比此前任何版本都更完整，更令人信服，同时，它也刷新了我对矿难的认知。

有一次，我又忍不住问他："所有的矿难都是人为的吗？"

我没指望他回答，他却回答了："几乎是，但也分有意识的和无意识的。那些说什么不可抗拒因素的,都是扯淡!"

"那我们这次矿难呢?"

"你说呢?"

"不知道。"

他长叹一声:"太空捕获小行星的技术已经相当成熟,安全预警系统更是强大,哪怕一只苍蝇从船外飞过,它都会采取相应的防御措施,更别说一颗彗星撞过来。"

"假如是发现太晚,来不及躲避呢?"

"不可能,彗星飞得再快,预警系统也会在 10 亿公里之外探测到它,并估算出它的飞行速度和轨迹,想办法提前避开。除非是系统故障,没来得及检修,或有人故意……"他打住了话头。

我有些恍惚,继而难受,感觉口中分泌出大量唾液,堵住了我的嘴。半晌,我才回过神,转而问:"为什么你知道得这么清楚?"

"因为我曾是捕获船的船长。"他理了理八角帽,做了个立定挺胸的姿势,然后昂头,双目平视,真的就像那么回事。

"你居然……当过船长……"我又语塞,能当上船长的人绝非一般人物,"那你怎么会在厨食舱?"

"我自愿的。"

"为什么?"我放低声音,问得小心翼翼,生怕又触动了他暴戾的神经。没想到他平静地回答了我:"因为修行。"

这个回答真是玄而又玄。我瞪大了眼睛。

他滔滔述说起来："我当了两年船长，怀疑自己患上了心理疾病，借此申请回到地球。我先在医院待了半年，受不了那里的气味和怪人，溜了出来，然后找到一家寺庙，想出家修行，但在那里只待了六周，就因一次斗殴事件，烧毁了大半个寺庙，被赶了出去。不仅仅是被赶出寺庙，还被赶出了地球。他们把我遣送到月球基地，进行了长达三年的净化，在我最终通过各种测试后，他们又让我回到火星，继续给火星打工。那时，我已不懂怎么与人交流了，就选择到厨食舱干最低下的活，因为只有这里才是真正的孤岛。这里是智能化作业，做饭、清洁，包括分配食物，都可以由机器操作完成，但那样会让我觉得自己很多余，毕竟管理厨食舱是很简单的事。我的日常工作并不需要额外干什么，一切都是按部就班，所以我就给自己找活干，只有干活，才能让我忘掉烦恼，远离诱惑，六根清净。"

我本来想说那哪是低下之类的活，可又想起他是个老资格的船长，脾气古怪，的确比其他厨师长气势更嚣张，年轻的船长们根本压不住他，才使得他看起来有点权力。因而，我只问："你为什么要修行？"

他坐到舱内唯一的凳子上，眯缝着眼，头靠在后面舱壁，渐入讲故事的状态。我喜欢他这种状态，只有这时，他的身体才彻底放松下来，允许和蔼的讲故事的人从体内冒出，替换掉他丑陋的躯壳。他应该是和善的，可不知为何，总表现得冰冷无常，好似时刻警惕防备着周围的一切。他在被两种本性撕扯。

"那个故事还没结束，你还想听吗？"他果然避开了我的问题,开始讲故事。他知道我很清楚是哪个故事没结束,也知道我一直在期待那个故事的结局。

阿乙被救上了机动飞艇,但并不感恩。他觉得任何人救他都理所当然,却没发觉那么多航运飞艇从他旁边飞过,都不愿救他。在钻塔垮塌时,他推开机长,一个人冲上临近的航运飞艇,顾不得其他跳上来的同伴,就启动飞艇逃离。没站稳的同伴被他甩下去,掉入沸腾的岩浆,他独自一人就这样走了。而一架航运飞艇,是可以救三十个人的。

他沿着缆绳爬进机动飞艇,第一句话却是:"原来你俩还活着。"

阿丙怒视了他一眼,钻进后面的储物间,重重关上了门。

他自觉无趣,走到驾驶座旁,对阿甲说:"今天这事……"

"拜你所赐!"阿甲打断他的话,"三十万年前,火星内部的岩浆升至地表,没有像地球火山喷发那样破坏表面,而是汇集到地表下方的岩浆室。当钻台那边发生卡钻时,我就猜到是南区铁矿施工引起的,矿井在地下几百米处形成巨大压力,造成岩浆室破裂,形成了这场岩浆爆发!"

"但你的报告上写……"

"那个报告怎么回事,你比我更清楚!"阿甲气得几乎是在咆哮,"我写的钻探深度是指平均地表,尼利槽沟属于低洼地带,地表非常薄,禁不起你在那个深度去下钻!我按你的要求删除了'平均'二字,你倒好,现在把过错都推到我头上来了!"

阿乙意识到事故的严重性,瘫倒在副驾驶座,手哆嗦着掏出电子烟,连续吸了几口,让自己的心情平复片刻,这才开口道:"这里是我负责的第一个火星勘探项目。我记得,开钻那天,周围基地的居民都来庆贺。他们非常欢迎我们,因为谁都知道,稀有矿产资源意味着什么,如果能在这里挖掘出好东西,他们在火星上的待遇可就不一样了,他们可以一辈子死守着这里,不用再为生计发愁,可能比在地球上过得更好。所以,在火星这个全新的殖民星球上,每个区域的居民都想在自己家门前挖宝贝,他们对打钻的热情比我们还高。"

"你到底想说什么?"阿甲再次嫌恶地打断他的话。

"我想说的是,一开始的确是我策划了一切,我想要邀功,想要升官,想要赚钱,可后来发生的,都不是我能控制的了。政府的谋划,媒体的炒作,居民的期盼,让分公司在尼利槽沟开始疯狂打钻,几次勘探虽然没什么收获,却让他们的矿产资源梦变得一发不可收!"

"火星的地质结构极为复杂,勘探难度很大,特别是尼利槽沟地带,从理论上讲,除了铁矿,是没有其他矿产资源的。"阿甲愤懑地说,"如果当初我不是昧着良心篡改了地质报告,让你们有理由在那里开钻,也不至于发生今天的灾难。"说完,他狠狠给了自己一记耳光。

阿乙见状,似乎想到了什么,灭掉了电子烟,压低声音说:"对了,如果你对报告的事继续保密,并帮我再出一份地质报告,证明这里发生的矿难是不可抗拒的地质因素引起的,那我所有的积蓄，都给你。"他打开飞艇上的通讯设备，做出准备拨号的样子："只要你点个头，我就马上打给我助手，让他立刻转账。"

"不可能！我再也不会干这样的缺德事了！"

阿乙没想到阿甲拒绝得如此干脆，哭丧着脸，突地一下跪在他面前："兄弟，求你了，我能爬上现在的位置，主要因为手里的几个项目出了成绩，如果这个项目被查出有问题，我的位置一定不保，可能还会进监狱……我这辈子就全完了！"

话音刚落，后面传来啪啪的鼓掌声。不知何时，阿丙已从储物间出来：她一直躲在他们身后的暗处！

她手里举着一枚戒指：阿乙送给她一枚一样的，不过她早调了包，制作了一枚外表与之相同，却有录音功能的戒指。此刻，她神情怡然地说："阿乙，我终于等到你不打自招了，我现在可掌握了你所有证据，包括你挪用公款、滥用职权、行贿受贿，以及虚报勘探项目，等等。"

阿乙的脸一黑："阿丙，你别太过分！我就知道你接近我不怀好意，你到底什么目的！？"

阿丙不紧不慢地说："我的目的，就是要逼你主动辞职，但在辞职前，必须将全部勘探机器的购置合作权交给我的公司。如果你答应，我会给你一大笔补偿。"

阿乙和阿甲都愣了。阿乙愣住的是，没想到阿丙提出这样的要求；阿甲愣住的是，没想到阿丙策划这一切，竟是为了私利！

"原来你收集证据，不是为了惩罚恶人。"阿甲痛心地说，

"阿丙,你变了。"

"我逼他辞职,就是为了惩罚他!阿甲,你为了自己的事业,擅自修改地质报告,不是也变了吗?"阿丙面不改色,"从你自私地跑去参与深空探测项目,把我丢在月球开始,我就变了。一个女人,能自食其力地经营公司,不是一件容易的事,所以我需要有人支持。阿甲,你会补偿我、支持我吧?你再帮阿乙一次,先帮他保住他的位置,行吗?只要他把购置合作权交给我,随你怎么惩治他!"她扬了扬手中的戒指:"否则……否则我会把你们刚才的对话交上去,让你们两个都完蛋!"

"阿丙,你千万别这样,我们两败俱伤对你也没啥好处!"阿乙慢慢靠近她,尬笑着,故作一脸柔情,"再说了,我俩结了婚,别说购置合作权,我所有的所有,都是你的。"

"呸!谁想和你结婚!"她步步后退,柳眉冷对,"如果阿甲不帮你,我拿不到合作权,大家真撕破脸,我大不了去找其他商家,少赚一点就是了!"

阿甲呵呵笑起来,先是苦笑,随即大笑,最后笑得眼泪都流了下来。飞艇随着他颤抖的笑,也微微震颤着,像一粒灰尘在宇宙的琴弦上跳跃,振出了哀鸣。

与此同时,阿乙猛然扑向了阿丙,争抢她手里的录音戒指。阿丙尖叫,拼命抵抗,两人抱成一团,在颠簸的飞艇里滚打。

"阿甲!阿甲!"阿丙喊道,声音凄楚。眨眼间,她似乎又变回了那个柔弱的女人。

阿甲杵在驾驶座上,惊愕地看着他们,那份残存在他心里的爱情,顿时荡然无存。

美好的往事和眼前的画面交织在一起,他多希望这是一场梦,梦醒后,他们三人身处校园,在春天和煦的阳光下,和一群同学围坐在绿油油的草地,激烈争辩,抑或朗朗诵诗……但是,阿丙的呼救声将他从愕然中唤醒,他惊觉,飞艇正在直线下坠!

他赶紧把住方向盘,用尽全力向上推,飞艇逐渐平稳下来,重新向上飞行,可就在这时,前方出现了一个岩峰,眼见飞艇直冲过去,在避开它之前已来不及减速,只能上行或侧行绕开。他只好再次使劲,将方向盘继续向上推,额头和脖颈青筋暴凸,直到再也推不动。

飞艇上升的速度受火星风暴影响,不如想象的乐观,在即将撞向峰尖的一刹那,阿甲机敏地向右甩了一下方向盘,飞艇侧着从峰尖旁擦过。就那么 0.001 秒的时间,他们与死神擦身而过!

阿甲一身虚汗,每根神经都像被绷紧了的弹簧,差点被绷断。当飞艇躲过岩峰,他的弹簧才松弛下来。他喘着粗气,瘫软在驾驶座上,手脚发抖,心有余悸。

"阿甲!救我!"一声凄厉的尖叫再次让他全身紧绷。他转过头,看见阿丙竟悬吊在舱门外,阿乙已不见踪影。原来,两人在争斗时触碰了舱门开关,将舱门打开了,而飞艇当时一个急速侧身,正好将他俩从舱门甩了出去。情急之下,阿丙碰到了固定在门边的缆绳钩子,可她穿着防护服,钩子勾住了手套,她的手却无法握住它。

阿甲有些犹豫，很快又意识到他们在飞艇内没戴头盔，只戴了薄薄的一层隔离头套，如果不关闭舱门，这样暴露在火星大气中都会有危险，于是疾步上前，伸手去救她。可是，一切都太晚了，舱门外的气流越来越大，毫不留情地将她卷了出去，他抓到的，只有那只手套。

"不——"他失声大喊，眼睁睁看着她被吸进气流的旋涡，坠入红色的深渊。

他一只手捏着手套，一只手攥紧拳头，捶打自己：若不是那半秒犹豫，他本来可以挽救她的！往日的情感涌上心头，他趴在舱门边撕心裂肺地号哭。

"嗨，兄弟！兄弟！"他被一个微弱的声音惊住，暂时停止了悲痛。

"兄弟，我在下面，先救救我！"他探出脑袋，顺着声音的方向，看见在飞艇的正下方，阿乙抓着刚才没来得及收回的缆绳，像一只娇小的飞行动物被烈风蹂躏着。

"兄弟，我错了，我收回刚才那些话，就由我一个人承担这次矿难的后果吧，求你先救救我！"阿乙乞求的声音在狂风吹动下，听起来凌乱而古怪。在这个毒气笼罩的红色星球，将身体任何部位暴露在外，都会受到严重伤害。所以阿乙明白，即使他不掉下去，仅仅靠单薄的隔离头套，在飞艇外面也存活不了多久。

这次，阿甲没有丝毫犹豫，他启动了按键。缆绳自动收拢，在飞艇内的空气与外界大气的比例快达到临界值时，及时将阿乙拉了上来。

舱门完好地关闭。

阿乙横躺在门边，大汗淋漓，惊魂未定。阿甲一拳打在他脸上："我们都应该为自己的过错买单，但阿丙，不应该……"

又是一拳。

然后，再一拳。

阿乙任由他打骂，鼻腔和嘴角流血不止，却好似浑然不知，没有发出任何声音。刚才那命悬一线的经历，让他仿佛到鬼门关走了一遭，在阴曹地府被灌下一碗汤，像是孟婆汤，可又不太像……

老厨师长的音调渐低，低到最后我完全听不见。我不得不提醒他大声一点。

"讲完了。"他提高嗓门说，"尼利槽沟事件是建设火星基地以来第一次，也是最大的一次矿难。那次事故死了八百多人，当时被列为绝密档案，尘封了二十多年后才被解封。但事情几经传播，真实内容已完全走了样。"

"是的，我听说的死亡人数是两百多，传言那就是一场不可抗力因素所造成的灾难！"我叹道，本以为听闻的都是夸大后的事实，谁知真相比传言更令人惊心。"这样看来，阿甲还是保住了阿乙。"

"不全是这样，"老厨师长干咳两声，"他也是为了保住自己。虽然存有私心，但后来他做了一件好事，让太空矿产资源开采规划的实施提前了三十年。"

"你指的是,我们现在的小行星带开采?"

"没错。当时小行星带的开采并没提上联合政府的议程,只是一些商家偶尔会去捕捉几颗地球与火星之间的小行星。而在尼利槽沟矿难之后,阿甲找了所有火星地质学家,联名给联合政府写了一封建议书,建议停止对火星矿产资源大规模开采,只允许小规模的浅层开采。因为火星上的矿产资源并非如宣传所说的那么丰富,若要长期将火星作为人类的中转基地,必须采取可持续发展路线,比如转向开发火星与木星之间小行星带的矿产资源,加大对火星地表的绿化改造,等等。阿甲在建议书中提醒联合政府,不要让火星成为第二个地球。"

"他的建议奏效了?"

"很快就奏效了,毕竟尼利槽沟矿难引起了全人类范围内的关注,甚至引发了一些矿区的骚动和罢工,所以他们不得不立即封锁消息,提前启动了小行星带开采计划,召集了所有科学家研制捕获小行星的先进设备,又掀起了一场技术革新和红色热潮,鼓励更多的青年到火星和小行星带上搞建设,直到今天,这股热潮热度依然不减⋯⋯"

说到这,他好像察觉到自己说得太多,转身背对我,语气忽地冷淡下来:"好了,你该休息了!"

"我再问最后一个问题。"我想抓住他讲故事的那点余温,"你就是那个阿甲,对吧?"

他回头瞪了我一眼,此后连续四十个小时,没再说话。

我悻悻然躺在床上。在这四十个小时里,我不敢吱声,只能看着他捣鼓一些元件。他把那些元件拆了重装,装了又拆开,反反复复。我以为他平日里就是这样来消磨时间的,直到发现他时不时朝舷窗外望望,之后又继续低头捣鼓,像在算计着什么,才觉得他的行为有些怪异。

于是,我假装睡着,等他放心地入睡后,偷偷爬了起来。在他的悉心照料下,我腰部的伤比预料的好得快,但我依然在床上一动不动,为的就是以防万一。如今看来,这招派上用场了。我赤着脚,放低身子,以蜗牛的速度挪移到舷窗边。终于,我看清了那里有什么。

应该说,我是失望和郁闷的,因为那里没什么异常。窗外依旧是一片漆黑,在无限延展的黑幕上,赫然可见的是小行星和捕获船,它们在我的斜下方。小行星明显残缺了一块,捕获它的网绳断裂,四散在它周围,像有人摸了静电球竖起的乱发。矿难发生时,我和矿友就正在部署这些网绳,将捕获船的"大爪"更严密地扣在小行星上,这是我们的主要工作之一,也是捕捉小行星最难的部分,因为关于它的三个步骤,第一和第三个步骤都可以由人工智能完成,唯独第二个步骤,需要我们亲自上场。

第一个步骤是探测评估有资源价值的小行星,准确定位它的运行轨道,计算出它的运行速度和质量等;第二个步骤是捕获船"逮"住小行星,以足够的动力减缓它的运动速度,再由矿工们将它严实地捆绑起来,拖回火星;第三个步骤是穿过火星稀薄的大气层,选择适合捕获船的着陆时间和方式,在既定的着陆点登陆,最后由矿工卸货。

户外作业时,我因提前返回躲过一劫,但我的矿友们都溘然长逝,他们大多数当场就被抛向了宇宙深处,个别安全绳没有断裂的,此刻就漂浮在网绳之间,仿佛在阴阳界行走的游魂。更惨烈的是,只剩一半船身的捕获船,破裂得面目全非,一些碎片还在脱落,向伶俜的远方飞去;残剩的船头松松垮垮地挂在小行星的顶部,像断了线的风筝缠在电线杆上,随时都有再被风吹走的危险。看到这一幕,我确信了老厨师长不是危言耸听,也因而陷入了更深的绝望。

"看够了吧!"一声炸雷在我耳边响起,我惊乍地缩回脖子,本能地朝后退了一步。老厨师长怒目圆睁,模样狰狞,向我伸出一只手。我以为他要来掐我脖子,忙用双手挡住。

可他只是将手缓缓放在了我肩上,逐步变回正常的面目:"看见了吧,这就是我们现在的处境!我们被小行星拖着,如果是在向地球方向飞行还好,如果是在向银河系外飞行,你觉得我们还能这样漂泊多久?"

我茫然地摇头。

"我给你们船送食那趟,是去往 D 区当天的最后一趟,所以舱里只备了你们 42 人的晚餐,我们两人正常吃饭,只能维持 7 天。如果节约一点,每天只吃一顿,也维持不了一个月。就算我们能坚持一个月,厨食舱也坚持不了那么久,这里的氧气只够用半个月。"

他说得轻描淡写,却让我感觉有一股重力在把自己不停地往下压,压得我快要窒息。在濒临死亡的边缘,我恍然说道:"我学过维修方面的知识,或许能把厨食舱的信号台修好。"

他哼笑两声,拍了拍我的肩膀,就往舱尾走去:"你还是把你的知识用在维修模型上吧,如果能修好,我早就修好了,别忘了我当过船长。"

他按下舱尾的一个开关,那里打开一扇门,里面有个小隔间,储藏着一套什么设备。我拖着软塌塌的腰,慢慢走过去,逐渐看清,那竟是逃生舱!

"每艘厨食舱都备有一个逃生舱,不过是单人座的,没法挤下两个人。"他把他捣鼓的那些元件和一些食物塞进逃生舱的后座下方,"我只带两天的量,其他食物全留给你。"

我慌忙问:"你要去哪?"

他将食指朝下指了指:"去船头。"

我难以理解这个回答,捕获船的船头看起来并不比厨食舱更安全,他去那里有什么用?

我木讷地靠在舱壁上,他则继续收拾他的行李,以讲故事的平缓语调说:"根据这几十个小时的观察,我算出了厨食舱漂至船头的最近距离,就是现在!所以,现在我要走了。这个逃生舱长期没用,材料有些老化,燃料也只够去个单程,没法再返回来。"

我更听不懂了,他为什么还想要回来?

"捕获船相当于厨食舱的母舰,如果能维修,显然维修船上的信号台更靠谱,你说对吧!"

我不置可否,捕获船信号台的功能无疑更强大,如果能重新发射信号,它能传到的地方也一定更远、更广,也会更清晰、更持久。我问他:"你是什么时候想到这个办法的?"

"看到船头从窗外晃过的时候。"他整理好逃生舱,开始穿防护服,"所以我用厨食舱里现存的元件,组装成可以修复信号台的元件。如果我们想获救,只有这一线希望。"

"但是你……"我内心莫名滋生出某种感动,一些情愫开始翻腾。

"你就别废话了!"他喝住我,"你身上有伤,这也不懂,那也不懂,总不能让你出去吧?在这里,一切都得听我的!"

我靠近他,第一次有了想拥抱他的冲动。可他依然虎着一张脸,迫使我不敢亲近。

"等我到了船头,会给你一个是否成功的信号。"他钻进逃生舱,系上安全带,把手按在自己的假肢上说,"如果我修好了信号台,成功发出求救信号,就把这只腿抛出来——你得注意朝这边看,这样的话,你无论如何,也要坚持到救援队来。如果我没有修好,就不抛腿了,我俩就在原地等死,就让我死时,保留一个完整的躯体吧!"

我的眼睛和鼻腔有液体翻涌,好不容易从喉咙挤出一句话:"你可以多带点食物。"

"不,遇到太空矿难时,平分食物绝对是下下策;把食物留给最有希望活下去的那个人,才是上上策!"他说得掷地有声,变成了日常和讲故事外的第三种状态，嘴巴依旧歪斜在丑陋的脸上，但看上去多了几分刚毅和悲壮，像站在废墟上的最后一名战士，"我经历了那么多次矿难，能活到现在是个奇迹。若要我说逃难的经验，那就是一定要有顽强寻找生机的行动，以及于绝境中寻找生存的希望！"

说完，他又习惯性地理了理八角帽，微收下颌，目光灼灼地看向前方，按下了逃生舱舱门的闭合键，将逃生舱还原成流线型的子弹形状。随着一声长长的闷响，他启动逃生舱，让厨食舱把它从尾部慢慢推出去。

这一切发生得太快，没容我思量，更没容我向他道别。我怔怔地站着，被动地接受他对我的拯救。

"孩子，如果你能活下来。"老厨师长的声音在我头顶回响。他接通了厨食舱和逃生舱的通讯信号，但信号极不稳定，断断续续，"如果你能活下来，还愿意继续与矿打交道，一定会出人头地！如果真有那一天，记得告诉他们，急功近利的生产指标下面，是危如累卵的矿工生命！"

厨食舱把逃生舱弹了出去，他的声音若隐若现，就像是这个故事的余音。

"对了，忘了告诉你……"在他声音完全消失前，他说完最后一句话，"在尼利槽沟矿难中，我其实是那个阿乙，我的腿就是那次被撞断的，而阿甲，是你的父亲……"

我惊颤，父亲是植物学家，可从未听说他曾是地质学家！而后，我剧烈起伏的胸口牵痛了腰部，致使我双腿发软，扑通跪倒在地,眼泪顺势就冲出了眼眶,一颗颗滴在逃生舱刚才还在的地方。那一刻,我明白了所有事情。

我爬到舱尾口,趴在那里,看着逃生舱沿着抛锚到小行星上的缆绳下降,就像看着潜水艇潜入了深渊般的黑色海底。逃生舱的外壳在黑幕中锃亮,将厨食舱反衬其上。被光影扭曲的厨食舱,如不规则的弯钩,呈囊状,像极了宇宙的胃,好似正寂寞地消化着人类吐出的孤独与悲欢。

寻找费洛蒙

一

夜静，繁星闪烁。最亮的那颗，正往东方落下，是火卫一福波斯；比它稍小而暗的星，是火卫二戴莫斯；更暗一点的，是地球。

星光洒不到地面，港口只留了一盏灯，刚刮过的沙尘暴在棚顶掀起一层灰蒙蒙的雾气，使每个角落都鬼影憧憧。

江灿躲在其中一个角落里，焦虑地搓着双手，等着客户来取货。每隔几秒，他就飞快地瞄一眼手背上贴附的透明手机。约定时间已过，他决定再等十分钟。他已经听说，那批不雅照流传出来后，火星七个区都被彻查了几遍，各个港口也加强了安检，官方宣称有疑似违禁品的东西被带入火星，引起了社会不稳定。

此刻，江灿手里攥着的就是那个东西。出于偶然，他开始走私。起初，他只在地球的禁区私卖，那东西在小范围内一传十十传百，居然就成了热销产品。后来，他走私到火星，没想到火星上的市场更大，不久就搞得满城风雨。

一个人影从另一个角落冒出来。江灿朝后退了几步，躲进更深的阴影里，等着对方到了跟前，便向他伸出了右手。客户默契地和他握了握手，顺利接过盒子，迅速揣进了兜里。与此同时，他听见透明手机清脆地响了一声"货款到账"。他放心了。

接头时间没超过十秒钟，两个人完成了交易，迅疾散去。

江灿沿着墙根紧着脚步一路小跑，直到出了港口，拐上大道，才松了口气。客户执意要在港口交易，说什么最危险的地方就是最安全的地方，可他在这里多站一秒钟，都感到生命岌岌可危。

他一边走一边平缓呼吸。一列巡逻队从前方的路口走过来，他凝神屏气，靠在旁边的灯柱上，装作若无其事的样子。

巡逻队在他面前停下。领队的人声色俱厉地喝道："这么晚了，你在这里干什么？"

"我……我……我等人。"他满脸诳笑。

"等人？"领队的人给手下使了个眼色。

几个巡逻队员立即把他围起来，用搜查仪把他浑身扫了个遍，从他身上搜出两张身份卡。

领队的人先看了看他的公民身份卡，再看了看另一张，眄视道："哟，你还是船长？"

"是啊,明天我的捕获船就要出发了,这次要去捕获一颗矿产丰富的小行星,人手不够,这不就临时招新船员,约来见个面,可等了半天,那小子还没来。"他一边发着牢骚,一边接过领队的人递回的两张卡。实际上,这都是他事先准备好的,货真价实的卡。他叽里呱啦说了一通,越说越生气:"这家伙真不守时,不要也罢,走了!"他甩甩手,转身就要走。

"站住!"领队的人一声呵斥,从头到脚打量他,"你一个船长,怎么亲自来这里约见?"

"说来话长啊!"江灿摇头晃脑,开始诉苦,"这年头哪行竞争不激烈?捕获小行星看上去风光,其实酬劳并不多,又长期在太空漂泊,安全隐患大,没几人愿意干这个。船员和矿工走了一个又一个,留不住人啊!为了省点中介费,我不亲自来,谁还能来?"他长长叹了口气,其实是故意拖延时间,想着怎样把故事编下去,"至于为什么这么晚在这里约见,就得从这个新船员的身世说起……"

"好了,好了。"领队打断他的喋喋不休,却不肯放他走,对他还是有所怀疑。

江灿注意到街对面有个人,好像一直在关注他们。他怕夜长梦多,干脆赌上一把,就指着那人说:"来了?就是他,对面那个。还有没有事?我得过去了。"

领队的人往后瞄了一眼,示意队员放他走,继续巡逻去了。

江灿走向那人时,有点后悔这个莽撞的举动。万一走到半路那人跑了,他不就不打自招了吗?万一那人没跑,他又怎么和一个陌生人攀谈？他没有半点把握保证那人能配合他演戏。他知道巡逻队还在远处注意着他，只好硬着头皮走过去。

"嗨，小伙子。"远远地，他就主动招呼那人，以防那人走开。对方好像并没有要走的意思，反而像在刻意等他。

"小伙子，我……"江灿绞尽脑汁想搭讪的话，走近一看，愣了愣，语气一变，"怎么是你？"

"船长。"那人怯生生地喊了一声。

"不是告诉过你不可能吗？"江灿极不耐烦，却只能压低声音。面前的这个女孩已经找过他几次了。

"我可以把我所有的钱给你。"女孩哀求道，"求你帮我一次。"

"我再说一遍！第一，我不需要你的钱，我不缺钱；第二，我的船是捕获船，不是偷渡船；第三，女性不能上捕获船，这是继承了地球的传统——女性不能进矿洞坑道，因为那不吉利！"

"如果你不缺钱，为什么要走私？"女孩的声音转而变得尖锐，"我一直跟着你，全都看见了。"

"你……你……"江灿有些慌乱，"你究竟想干什么！"

"我想去地球，但我没有足够的钱去乘偷渡船，只能找你。听说你是个好心人，帮助过很多人，求你也帮我一次吧！我可以在船上干活，干什么都行……"

"好心人？听谁说的？"江灿冷笑道，"要是我不答应呢？"

女孩朝巡逻队的方向扬了扬下巴："他们还没走远……况且，你刚才的交易我都拍下来了，如果你不答应，我可以随时检举你。"

"哈哈,好样的!"他刚才的直觉没有错,的确有"鬼影"跟着自己。他咬着牙说:"你竟然敢威胁我!"

"我也没其他办法了,船长,你就当顺路捡个乘客吧。我保证,一到地球就消失,不给你添任何麻烦。"

"你的性别就是个麻烦!"

"我可以像现在这样女扮男装!"女孩微张双臂,就地转了个圈,"你刚才不就把我看成男孩了嘛。"

江灿盯着她脏兮兮的脸,思量半天。他内心已是波浪滔天。按他以前的脾性,这大半夜的面对一个弱女子,他非得来个毁尸灭迹不可,但现在他已经洗心革面重新做人,不能再使那些手段。

"好吧,我答应你。"衡量再三,他松了口,"明天下午一点,港口三号台见。记住,别露出马脚!"

"记住了,船长。"女孩伸出手说,"我把钱转给你。"

他警觉地把手背到身后:"不用了,你走吧!"

"谢谢你!"女孩绽放出一丝微笑,露出一口与肤色反差极大的白牙。她蹦跳着跑开。

"对了,你叫什么名字?"

"我叫兰桃吉,船长。"女孩转过身回答,向他深深鞠了一躬。

合成生物学家从干燥的样品中提取了微量 DNA 碎片,小心谨慎地放入测序仪。在等待读取序列信息时,他把那套衣物拿到鼻子前嗅了嗅。时隔多年,衣物上依然保留着女主人的气味。除了久放后的陈旧味道,它主要以 C8-C12 脂肪族醛类的气味为主,携带着人工合成的几种香气。他想象着衣物的女主人优雅地喷着香水,铃兰、金合欢、石习柏和仙客来这类混合花香在她身上跳跃。

"滴——"测序仪发出检测完毕的声音。他回过神,把碎片的基因序列信息抽出,放在基因模板上做对比。那是一种倍半萜烯合成酶的基因模板,他需要把碎片基因照此修复,重建它的 DNA,获得另一个崭新而完整的基因。如果仅仅是复活碎片原本的生命形态,他已是轻车熟路,完全不用紧张,但这次,他还要在重建的 DNA 中加入一种元素——这套女人衣物的气味分子,这就有点考验手艺了。

他嗅觉灵敏,异于常人,即使是面对多种混合气体,也能精准地分辨各种味道,用科技手段将它们分别提取,再用气味存储器长久保存。他不是天生如此,而是在失去嗅觉,做了嗅觉植入手术后才变成这样的:他的嗅觉功能在失效多年后被激活,意外达到了最高水平,可以解读四百种嗅觉信息——普通人只能解读几十种,其他做过同类手术的病人最多也只能解读一百余种。他偶然得到的特异功能,无疑有益于他的科研工作,他逐渐将重心转移到了对生物气味的研究上。

修复好基因碎片后,他将气味分子捆绑在重建的序列上,通过 DNA 打印机将它转换成真实的 DNA 分子,就得到了独一无二的基因。然后，他把合成的基因插入一个新的活体宿主中，准确地说，是把它嵌合到了宿主酵母的染色体上，并准备进一步培养。剩下的，他就只需等待。他不知道这次等待的时间会有多长，但他有足够的耐心等待基因中的遗传信息指导酵母合成芳香化合物，有足够的信心确定能闻到从未有过的香味分子的气息。

二

夜色渐褪，晨光微曦。略偏蓝色的太阳从东边升起，奥林帕斯山脉在稀薄的大气中露出清晰的剪影。

江灿来到船头的驾驶室，让驾驶员启动设备，准备起航。船员和矿工陆续就位，他的得力副手施大钏对他打了个手势，他一声令下，舱门开始缓缓闭合。

突然，一个身影在站台出现，匆匆朝舱门奔来。感应到异物的舱门自动停止闭合，有人及时拦住了那身影。江灿从监控器里认出了那是兰桃吉，没想到她会在这个时候赶来，不禁暗骂了一句。

"是新来的后勤工，让她进来。"江灿对着通讯器说。

他不能在这个时候节外生枝，只好来到舱门口，让其他人各就各位，亲自应对她。

"你还挺机灵。"他冷嘲热讽道，盯着兰桃吉，眼里燃着火。她穿了一身破旧的男士套装：黑色宽松上衣，深蓝背带裤，戴一顶鸭舌帽，把女性特征遮掩得严严实实。

"不是我机灵，是你说谎都说得没诚意。谁都知道捕获船是清晨出发。"兰桃吉狡黠一笑，"船长，你可别再骗我，否则……"

"行！"江灿知道她想说什么，立刻又泼冷水道，"既然你上了我的船，那我就得说清楚，先跟着我们干活，捕获了小行星，运送到月球中转站安检后，再去往地球。这需要耗费大半年的时间。"

"我有的是时间，船长。"兰桃吉毕恭毕敬地回答。

"但愿你不会后悔。"江灿瞪了她一眼，对着通讯器喊，"施大钏，到舱门来一下，带新来的……新来的阿吉去后勤舱。"

捕获船驶入浩渺太空，像一只小飞虫闯入广袤的旷野，无声无息。江灿望向那深邃的黑暗，想象着船行驶在高密度的暗物质"海洋"中，当它绕着火星开始加速，就如顺着或者逆着细腻的暗物质"洋流"在航行。在这片"海洋"里看不见其他船只，也看不见其他生命，唯有巨大的火星与它周围的卫星、行星做伴，将他们连同捕获船本身也都变成了一颗孤寂的星。

每次远航，为了撇开隐隐的不适，江灿都故意让自己忙碌起来，事必躬亲。就像现在，他一直坐在施大钏的座位上，盯着操控台上跳动的数据，思考着捕捉小行星的问题。

"船长，你不用这么紧张，离小行星还远着呢。"施大钏走到他身旁，指着刻度显示的数据说，"简单向你汇报一下：这次要捕捉的小行星距离戴莫斯约 12000 千米，大小为 9.5 千米×5.8千米×4.4 千米，质量估计为 $0.38×10^{14}$ 千克。根据勘探报告，它含有大量石英,是不可多得的建造太空大棚的原材料。"

江灿若有所思地点了点头。

施大钏瞅了瞅他:"昨晚又失眠了吧?要不去休息吧?这里有我看着,不会有事。"

江灿佩服施大钏的洞察力,什么事都逃不过他的眼睛。他昨晚的确没睡好,和兰桃吉分开后,他心里一直惦记着被她偷拍的事,心神不宁。被人抓住把柄,可不是一件好受的事。

他听从了施大钏的建议,把座位让给他,去休息室躺下。

躺在床上,他禁不住把手伸进枕头的枕芯,从里面掏出一个小盒子,打开看了看。那些东西都安静地躺着,毫无异样。他把盒子放回原处,闭上了眼。这些东西只有天天枕着才能放心睡着。它们带给他的利润在这整艘船捕获矿物的利润之上,但他不仅仅是为了钱,更觉得自己是在做一件好事。这个世界需要爱,他常常想,我是在帮人们寻找爱。

尖锐的铃声惊醒了噩梦中的江灿。他来不及穿鞋,一个翻身冲向驾驶室。

"怎么了?"他惊问,只见捕获船八只细长的抓手已经攀在了正前方的小行星上。

"刚刚抓住小行星,准备让船体靠近,小行星却突然转向加速……"施大钏向他投去求助的眼神,"船长,我们是放弃还是跟进?"

江灿快速权衡着,回想以往遇到此类情况的处理方式:"跟进的话,有一定风险,但不是完全没办法。既然抓手已经启用,不妨试试让小行星减速。"

"减速器对付匀速运行的小行星管用，这加速中的……恐怕……"施大钏有些犯难。

"知道它加速的原因吗？"

施大钏摇头说："第一次遇到这种情况，简直令人费解。按理说，它在太空中几乎没有阻力，只会受到几个大星球的引力作用，速度很容易被算出来，可目前算出来的结果却显示，它突然加速和周围星球的引力都没关系。所以我猜测是小行星面对太阳的部分温度较高，一些物质发生了气化，从而对它形成了反作用力，导致它突然加速。"

江灿不愿放弃到手的资源，坚定地说道："不管什么原因，先想办法将它的速度降下来，改变它的运行方向，再全力捕捉！"

"船长，这……这太冒险了吧……"施大钏犯难，他那以硕大鼻头为中心的脸部肌肉紧皱起来，在脸上堆得像小山丘。

江灿睥睨他一眼，刀子般的眼神迫使他闭了嘴。

八只抓手深深钻进了小行星的岩层，施大钏把抓手臂力调到最大，让驾驶员按着小行星的轨迹调整方向，可小行星不但没有降速，反而继续加速，捕获船几乎要被它拖着走了。

"船长！"施大钏大喊，"放弃吧！"

"再等等。"江灿感到了船的颤动，后脊背冷汗涔涔，但他没有松口。他生性胆大，何况这种事情也并非没有经历过。按照他的经验，小行星会在加速后逐渐进入匀速状态，只要能挺过这个加速过程就好了。如果这个时候放弃，再要追回小行星就难上加难。

"再不放弃,船会失控的!"施大钏吼道。

捕获船晃动加剧,控制台的警报声接踵而来。江灿浑身绷得硬邦邦的。他突然想起了以前经历的一次矿难,有个声音不断提醒他:安全第一!

"放弃!"他捏着拳头,重重锤在控制台上,"收回抓手,放弃资源!"

施大钏长舒了口气。

八只抓臂分别往回收,就像章鱼八条长长的腕足,在船的前方不停地蠕动。

好不容易到手的鸭子就这么飞了,江灿感到十分沮丧,他无奈地盯着抓手与小行星分离。

船体的晃动逐渐减缓,警报声逐个消失,一切归于平静,江灿心里却空落落的。

他怅然若失地走出驾驶室,一眼望见兰桃吉站在过道的舷窗前,正向外看什么。也许是一肚子气不知找谁出,他突然大步冲到她面前,拎起她的衣领,压低声音狠狠斥责道:"你站在这里干什么!晦气!"

"我……没干什么呀!"兰桃吉窘迫地解释,"船在晃动,我到这窗口看看……"

"就是因为你,我们才这么倒霉!"江灿劈头盖脸就骂,"我们从来没有失手过,就这一次,那么好的资源说没就没了,我怎么向客户交差!"兰桃吉紧咬嘴唇,低下头,鼻翼翕动,肩膀微微抽搐，身体里好似有唏嘘声从灵魂深处被一点点抽出来，显得那么压抑和委屈。江灿竟不知所措了。他一拳打在船壁上，再用两手撑着舷窗，把脸埋进宇宙的黑暗中，以冰凉的黑暗来冷冻自己心中的煎熬。他非常懊恼，一想到那些让女性上捕获船，多次遭遇船毁人亡的事件，就后悔自己鲁莽的决定，可现在，他没法把兰桃吉踢出船去。

"船长，不好！"通讯器又传来施大钏的叫喊，"五号抓手被卡住了！"

江灿赶紧打开通讯面板，看了看实时图示："怎么会拔不出来？试试换个角度，避开那些碎石！"

"试过了，没用。船长，抓手不取出来，我们被小行星拖着更危险。"

江灿才平复的怒火又被点燃，他沉吟一声，痛心地发出指令："截断五号抓手！"

施大钏应答，片刻之后，又吞吞吐吐地说道："船长……失……失灵了，刚才强行收回五号抓手，臂端被撕扯损坏……怎么办……"

江灿破口大骂，气得差点把通讯器摔在地上。接二连三的事故简直是雪上加霜，让他陷入无限痛苦。事已至此，他只能当机立断："拆除五号抓臂，通知相关人员准备出舱作业！"他奔向出舱口。

为确保万无一失，江灿亲自上阵，带领三名船员到舱外拆卸五号抓臂。他们几乎是在与小行星赛跑，因为捕获船已是被小行星强拉着飞行了，一旦两者的速度差持续增大，小行星势必会把船甩出去,到那时,捕获船无论是被撕裂或是被抛向宇宙深处,都将是巨大的灾难。

江灿催促着船员加快拆除。就在拆除快要完成时,一声轰响,船体猛地一晃,他们纷纷被甩出船体,悬浮在太空中。幸亏有安全绳拉着他们。

江灿回头一看,五号抓臂从中间被扯断,连接船的半截抓臂因外力反向回缩,正迎面向他们鞭打过来!他慌张地吼道:"所有人快回舱内!"

四人顺着安全绳拼命向出舱口前进,依次进入过渡舱。外舱门关闭,过渡舱增压,他们脱下防护服,在等待压力与内舱压力平衡时,猛然感到船被重物击得一沉,身体直往下坠,忽而又轻飘起来。

江灿看见周围的器械都浮在半空,暗自叫骂,重力增减器坏了!他知道没法再等待压力平衡了再进舱,便强忍着眩晕,漂往内舱门处。

内舱门刚一打开,他又看见了那张令他厌烦的脸。"你又在这里干什么!"他一把推开兰桃吉,"阴魂不散!别挡道!"

"我……我是想帮忙……"兰桃吉侧过身子,语声低微。

"你能帮什么忙!别让我看见你,就算是想帮忙!"江灿吼道,打开压力控制装置,手动将压力维持到一个稳定值。他还想去控制中心看一看,检查过渡舱总体受损情况。

"别跟着我!"当他发觉兰桃吉想跟着他,又冲着她吼了一句。

顾不得她的难堪,他决然转身,向前几步,发觉身后又有什么跟过来，以为还是兰桃吉，忍无可忍，正想再骂她，却被什么用力撞开了。只听一声沉闷的惨叫，他回头，看见一把尖锐的修理工具悬在兰桃吉的脑袋旁，血珠从那里不断渗出，四处漂散，像大脑被剖开后怒放的血红花瓣。她慢慢闭上眼，嘴角滑过一丝恬静的微笑。

合成生物学家是火星绿洲工程生物组的一员，复活已灭绝的植物是他的研究方向。目前他正在研究如何通过对植物基因的特殊编辑，使它们适应火星的环境，并能在火星上繁殖生长。一直以来，他都兢兢业业，安安分分地做着科研，直到有一天，他的密友抱着一堆遗物找到他，哭诉失去恋人的苦痛时，他顿然想到了一个好办法。

他从那堆遗物中翻出一套衣物，闻了闻，放到密友面前："你闻到了什么？"

密友摇头。

他又问："你闻着这味道，会想起什么？"

"想到她。想到关于她的一切。"

"气味可以承载记忆。"他为自己的突发奇想而激动，"人可以在丑恶画面前闭上眼睛，可以在不想吃的食物前拒绝品尝，可以用耳塞屏蔽难听的声音，却不能逃避气味。气味与呼吸同在，具有强大的力量，可以绕过意识，让人潜藏的情感不自觉地奔涌而出。"

"所以呢？"

"我想到一个办法,可以让她的味道永远留在你身边。"他从实验室里端出一盆植物,凑近密友鼻子,"你闻闻这个味道,是不是带着一种树皮和杜松的香味?这是从两千多年前地球上消失的植物标本中提取基因,复原它的功能,调制出的当前地球上没有的味道。如果把她的味道加入这种植物,花一盛开,满屋子都是她的香气,你会是什么感觉?"

密友顺着他的引导去幻想,然后慢悠悠地说了句:"是恋爱的感觉。"

他满意地点点头:"没错,爱情在这个时代太昂贵,一旦失去再难找回,但气味可以帮你重新拥有爱的能力。"

"为什么是植物?用气味存储器不是更方便?"

"再先进的存储器,也有丧失功能的一天,想要把气味永远留在身边、连绵不绝,用植物来承载气味的信息最合适,因为那是可以跨越时间甚至空间的,就像我们现在依然能闻到几千年前就存在的花香。过程虽然慢一些,但效果一定最好。气味的永恒,便是爱情的永恒!"他兴致高昂地说。

三

不幸中的万幸,捕获船迫降在戴莫斯进行抢修。

施大钏建议向星际救援队求助,江灿不同意,他觉得捕获船还没有损坏到不能维修的程度,何况他们还找到了落脚点。其实,他是舍不得出那笔昂贵的救援费。反正这次什么也没捞到,白跑一趟,也就不着急那一点维修时间了。

兰桃吉脑部受伤,不严重,随行的医生帮她简单处理了一下。江灿允许她休息三天,但第二天她就起来了。

"你自便吧。"江灿看见她就来气,但不好再对她发火,只好由着她。"我得告诉你,这次没捕获到小行星,捕获船受到一定程度的损坏,又失去了一条抓臂,我们就不去地球了,修好后返回火星。"

"那下次总得去地球吧?"她试探着问。

"下次?下次你还要来?"江灿苦笑道,"我求你放过我吧,我这是做生意的船,禁不起你来回折腾——你知道我这次损失有多严重!"

"又不是我……"兰桃吉想反驳,张了张嘴,最后还是垂下眼睑,脸上挂着愧疚。她很清楚捕获船不能搭载女性的行规,也正因有这个不成文的规则,她才觉得在捕获船上很安全,想冒险一试。

江灿瞪了她一眼,走开了。

捕获船总共三十多人,矿工占了大部分,修理工只有两三个人。施大钏只好亲自上阵,带着那几人没日没夜地维修。其余的人则在江灿的组织下,有序地进行各种工作或活动,以打发无聊时光。唯一不被江灿理会的是兰桃吉。她的工作比较随意,哪里需要她,唤一声,她就去。有时船员或矿工故意刁难她,她也乐呵呵的,照旧完成任务,从不抱怨,脸上总是一副标准式微笑。

有一次,施大钏当众表扬她,说她不仅脾气好、能吃苦,对工作也不挑三拣四,想把她带在身边,做一名机工。江灿没把他的话当回事,直到看见他真将兰桃吉带往修理现场,一招一式地教她,才慌了神。江灿怕兰桃吉走露风声,不希望任何人接近她,便当众挖苦她,说了一些难听的话,还说她只配在后勤舱打杂,当个下等工。他用粗鲁的方式把她从施大钏那里拽了回去。从那以后,他留心观察起她。

不知道为什么,他从最初的刻意一瞥,变得目光在她身上停留的时间越来越长。施大钏说的对,她是个非常勤快的人,每天最早起床,最晚入睡,因为她要等大家都睡了后把整艘船清扫一遍,可以说,捕获船的内舱很多年没被擦得那么亮堂了。她也是个有趣的人,空闲时常会和已混熟的矿工玩星牌游戏,那些玩了多年的大老爷们有时竟会输给她,乐得她又蹦又跳。但只要他一出现,她不管多乐呵都会立即打住,缩着头跑开。有时,她还会借矿工的防护服下船,提个桶去外面挖什么,挖着挖着就望向天空发呆。

每次他故意从她身后经过,只要她没发现,他就会伫立良久,顺着她的视线望向气势恢宏的火星。戴莫斯以三十小时零十八分钟的周期环绕火星公转,是一颗形状不规则的卫星,像一块有凹陷的鹅卵石,捕获船正是停泊在这凹陷处,面朝火星。他很好奇她在想什么,但又不愿与她有太多瓜葛,每次就在她发现前,一声不吭地走过去了。

施大钏每天按时向江灿汇报维修进度。江灿预测至少要随戴莫斯绕火星十五个周期,他们才有可能重新起航。可事实上起航的时间比他预测的早了六个周期。在福波斯从火星与戴莫斯之间掠过的一天,他准备开个庆祝会,向所有人宣告:开始起航倒计时!

这天,他们在船上围坐成一圈,唱歌、喝酒、做游戏。酒是禁止在地球以外的地方喝的,但江灿高兴,把私藏的几瓶拿了出来。兰桃吉在厨房帮忙,洗菜、调味、装盘、上菜,几个小时一直跑来跑去。江灿喝了酒,忍不住偷偷瞄了她几眼,思忖着找个借口让她停下来吃几口。就在终于下决心去招呼她时,却见她猝然止步,身体摇晃了几下,硬生生倒在地上。

江灿弹跳起来,顾不上撞翻一桌的饭菜,第一个跑过去,把她的头垫起。所有闹腾的声音都就此中断。

兰桃吉面部潮红,口吐秽物,全身剧烈搐动,似乎要失去知觉。医生赶来对她采取了急救措施,再与另外几人将她抬去了救护舱。

一阵抢救后,医生从救护舱出来。江灿焦急地问:"怎么回事?是不是上次脑部受伤引起的?"

医生摇了摇头,略显为难地说:"还没查出病因。有些症状比较奇怪,比如她口里有股金属味,牙齿、牙龈和舌苔都呈蓝绿色。她已脱离了生命危险,等醒来后再综合判断吧。"

此后,江灿就守着她,一直未合眼。舱外的福波斯再次从火星边界靠过来,如同黑暗宇宙中的一粒微光,在火星苍凉的背景下泛着虚空的怪异的光。福波斯转了整整一圈后,江灿还在等着她苏醒。他对自己这种行为很不解,就为自己找了一套说辞:不能在这个时候死人,否则她被就地处理,会暴露了女性身份,那将影响捕获船的声誉!

他没注意到自己对兰桃吉的紧张,更没注意到自己的这种过分紧张引起了施大钏的注意。所以,施大钏在给他送饭时半开玩笑地说:"船长,我病重的时候都没见你这么关心过我,一个后勤小工你怎么还亲自照顾上了?"

江灿敷衍道:"那能一样吗?这可是在火卫二戴莫斯啊!我们本来已是非法停靠,再死个人,你想让我臭名远扬呐!"

"谁让你不找救援队,一定要在这里维修。"施大钏笑着顶了他一句,突然伏到他耳边,低声问,"这个阿吉,是不是你什么人?"

"别瞎猜!"江灿察觉他话里有话,却又拿不准他的意图,不再作声。

福波斯又转了半个圈后,兰桃吉终于醒来,接受了医生的询问。原来,几天前她就感到了身体异样。"最开始是耳鸣,后来发现注意力难以集中,变得有些健忘,头昏脑涨,晚上还失眠。"她回忆说,"我以为这是在戴莫斯上身体本就会出现的不良反应,没有太在意,哪知身体的不适感越来越严重,早些时候还恶心呕吐、腹痛腹泻……"

医生听了更是疑惑:"我得给你做一次详细的全身检查,捕获船上的医疗条件有限,如果检查不出什么,你就得立即回火星治疗。"

"看吧,还是得回火星!"江灿靠在门框上,抄着手,冷嘲热讽道,"你说你这一路折腾个啥啊! 从哪里来,还得回哪里去!"他为这趟白费力气的行程恼气。

检查结果很快出来了,情况不容乐观。脑电图显示兰桃吉的脑电波节律出现障碍,初步诊断为患有神经衰弱综合征,此外,她还被查出了肝功能异常。医生最后得出的结论是:金属中毒!

江灿惊愕。如果是在金属矿场或加工厂,吸入了氧化物或碳酸物的细粉尘或烟雾,引发了金属烟尘热,那么他还相信兰桃吉是金属中毒,可眼前是在荒凉的火卫二,真不知金属中毒从何说起。

医生也感到纳闷,问兰桃吉:"你有没有吃什么?"

她使劲摇头:"没有,我和大家吃的都一样。"

江灿想了想:"等你可以下床了,把你每天做的事、接触了什么,都演示一遍,我就不信找不出线索。"

于是,兰桃吉出理疗舱这天,江灿和医生跟在她身后开始寻找线索:她起床,先是进厨房,帮厨师做早餐;再到洗衣舱,清洗船员和矿工换下的衣物,烘干后按代号分类;然后是打扫船舱,一直干到午餐时间,又进厨房;继续打扫船舱,准备晚餐前去了一趟食物储备舱……

"等等,这是什么?"江灿发现储备舱里栽种区被利用了起来,"我记得食物都是现成的,没有栽种什么东西。"

"是的,船长。"兰桃吉赶紧解释,"我们在戴莫斯待得太久,我怕现成的食物耗完,所以才想到在栽种区种些菜备用。"

江灿难以置信,蹲下身,用指腹在青翠的菜叶上反复摩挲:"栽种区荒废了多年,你这是怎么栽活的?土壤从哪来?种子从哪来?"

"这里大部分菜都是扦插繁殖,不需要种子。土壤是戴莫斯的,我挖了一些蓬松状的土带回来,有利于菜根部呼吸……"兰桃吉仰起头,语气里有股从未有过的骄傲劲,指着几株绿色植物说,"在这些蔬菜里,只有这个是种子繁殖,种子是从你房间的垃圾桶里得到的。"

"你去我房间了?"江灿愣了愣,有些意外。

"是施大副安排的,他要我按时为你清扫房间……"兰桃吉小心地回答。

江灿嗯了一声,注意力再次集中到她指着的绿色植物上。它们状似芹菜,叶小且嫩,茎纤细,并没有什么特别之处。他不知道自己何曾有过这种东西。

"船长,我在清理你垃圾桶时看见了那些种子,我想你肯定以为它们没用了,才把它们扔掉。其实,它们还有生命,我就把它们种在了这里。"

江灿脑子里划过一道亮光,他想起来了,那些种子是为了混淆走私货带上船的,后来没用了,他收拾房间时就顺手扔掉了。他记得那些种子是……是矿草的种子!

"这种子长成的菜是一种非常棒的提味菜,我试吃过几次……"

"不能吃！"江灿打断兰桃吉的话，"那是一种矿草种子，生成的菜叫和氏罗勒，是为了绿化改良火星而专门培育的植物。它不仅能忍受含金属量极高的土壤，而且能吸收金属物质，我猜你中毒，就是因为它！"

兰桃吉目瞪口呆，嘟囔着："我为了调味，试吃了很多……"

"有没有给别人吃！"

"就……就一次，我用它调制成佐料菜，大家都说味道好……"兰桃吉嗫嚅道。

江灿稍微放下心：只要没有大量进食，矿草里的物质被人体吸收不多，就不会出什么大问题。

这时，他想到了什么，猛地弯身拔起一株矿草，闻起它浓郁的味道。他的脑子里倏然又有一道亮光闪过：矿草是矿的指示植物，它蓬勃生长的地方，地底就一定有丰富的矿藏啊！

江灿击掌大笑，双手握住兰桃吉的双臂："你在哪些地方挖过土，快带我去！"

兰桃吉一脸懵懂。

"别愣着啊，我扶着你，快走！"他一手挽起她的胳膊，一手从她背部绕过去，搭在她另一只胳膊上，把她整个人稳稳地揽在胸前。

"哦——"兰桃吉侧脸看了看他，眼底闪过一抹淡淡的幽光。

路上，江灿陡然意识到，一种熟悉的感觉回来了，那久违的黏稠的东西在心里重新涌动，而他触碰兰桃吉肩膀的手很烫，很烫。

合成生物学家取下隐形鼻塞器，立即感到各种气味从四面八方涌来，香的、臭的、酸的、骚的，熏得他快要窒息。他凑近植物深吸一口气，屏住呼吸，迅速把鼻塞器又戴回去，这才顺了气。

门铃响了，他随便套了条裤子，跨过凌乱不堪的藤蔓，往门外冲。满屋的藤蔓并不那么容易被绕过，尤其是在昏暗的光线里，他的脚被缠住了，一个狗啃泥的姿势，摔得直挺挺，痛得他龇牙叫骂。费了半天力气，他才解开缠着脚的藤蔓，打开了门。

"快进来，给你闻点好东西。"他立即忘了刚才的不快，欣喜地招呼密友进屋。

房间里到处是植物标本、瓶瓶罐罐和各种仪器，没有一处闲置空间。密友不知从哪里下脚，只好踮着脚尖，穿梭在诡谲莫测的植物丛林里。他被带往了露天阳台，那里洒满阳光、干爽整洁，和屋里是两个世界。

阳台中央放着两盆植物。一盆无花，叶色浓绿，茎叶纤秀，茎秆挺拔，茎节似竹非竹；一盆有花，一朵紫蓝色，一朵红黄色，分别挺立于纤细茎秆的顶端，钟状花形，三角绿叶，仿佛两位隽秀的孪生少女。

"你怎么栽了两盆？"密友问，"哪一盆才是我的？"

"你闻闻。"他神秘兮兮地说，"通过气味来猜。"

密友下意识地先闻花朵，无味；凑近了再嗅闻，依然无味；再闻无花的那株的茎叶，竟有一股浓烈的香甜气息袭来，记忆不断翻涌，脑海里一幅女友的肖像画就此铺开。他感到自己被这盆植物所牵制,不禁跪在地上,将它抱在怀里,把绿叶放在鼻子前一阵忘我地猛吸。

"好了,好了,你回家再慢慢享用吧……欸,不用谢我。"他的成就感油然而生,刚被摔疼的下巴也不疼了。

"没错,就是这个味道!"密友沉浸在往事里,泪眼蒙眬。

他将无花植物从密友怀中夺走,放到阳台之外,隔开它的气味:"你冷静点,我还要跟你说正事。"

密友擦了擦眼,坐在原地,呆呆的,还没从那股气味中脱离。

他再次把有花植物放到密友怀里:"你再闻闻这个,闻久一点,看有没有什么反应。"

无味的花香缓慢被吸入,搅动着人体鼻部组织中的犁鼻器,刺激着大脑相关的情感皮层和神经兴奋中枢。密友陷入植物拟人化的幻境中,那里有妖娆树躯搭建的绿荫,有万紫千红吐出的芬芳,有媚花蜜腺分泌的甜汁,有丰满枝头冒出的盛实……他猛一回头,看见两位姑娘在轻柔曼舞,一位着紫蓝裙衫,一位着黄红裙衫,舞动的画面与背景糅合得像油画般唯美。如果说具有女友气味的植物让他回到了过去,难以自拔,那么无味植物带给他的是另一种超然的感觉,犹如谁用药棉在他心里的伤口处温柔地擦洗,柔软舒适,一股久违的温暖、宁静的感觉从心底泛起……

"喂,喂!"他轻轻打了密友两个耳光,把他从幻境里拉回来,"说说你的感受?"他开始录音。

听完密友的复述，他再也无法克制内心的激动，狠狠拍了密友肩膀一掌，大叫："我成功了！"他高举那盆无味植物，"你知道我在这里面添加了什么吗？"

密友捂着腮帮，白了他一眼。

"我在这盆植物里加了费洛蒙的气味。知道费洛蒙吗？它是动物和人类分泌的一种化合物，与性有关的荷尔蒙，也叫信息素。动物没有感情，就靠它来吸引异性。人类通常闻不到它的气味，但我能闻到它特殊的香味。简单地说，费洛蒙就是一种交换信息的化学物质，它的气味是两性沟通的桥梁。在以前还没限制恋爱的年代，人们所谓的'异性相吸''一见钟情'都是源自它的影响！"

密友听懂了他的言下之意，一阵惊悚："你想干什么！"

"释放人类的天性。"他的声音像从遥远的地方飘来，令人捉摸不定，"我承认，首先是为了验证我的实验，但是，你就从来没怀疑过限制恋爱的法令是不人道的吗？我们为什么不能打破它？不是所有被禁止的都是正确的！"

"可是，恋爱会导致大脑纹路中的灰质密度降低，影响人的智力，会让人沉迷，难以自拔。所以，爱情才会被列为违禁品。"密友说这话时并没有底气，因为他是少有的被批准传宗接代的人，他享受过爱情，也受难于爱情。失去女友后，他依然享有传宗接代的特权，却无法对任何女人提起兴趣。

"你被层层筛选，通过了各类测试，确定基因优良，才被允许谈情说爱，但你想过没有，人类的爱情真的就只剩下传宗接代的功能了吗?"合成生物学家语调古怪,话锋一转,"当谎言被人们都认为是理所当然时,我们就失去了对生命的主动权,可幸运的是,选择权一直在我们手上。现在,我们就要对此做出选择!"

"选择……"密友回味着他的话,又回味刚才嗅着无味花香时,从心底泛起的感情,觉得内心的防线在一点点瓦解。

合成生物学家察觉到他的动摇,拍了拍他的肩膀:"不管怎么说,这次得谢谢你,多亏了你,让我知道可以用恋人气味唤起爱情记忆,但恋人味道只能针对个体,所以我就想到了用费洛蒙,它可以帮所有人唤醒爱的能力,并传递爱情的信息。目前,与费洛蒙有关的物品都是违禁品,比如香水、芬香器、固体香片……这些东西太容易被查获,但是把费洛蒙嵌入植物就查无可查,费洛蒙本来就是无味的,让植物去传播费洛蒙的气息,让人们在无知无觉中感受异性的吸引,唤起恋爱的欲望,引诱彼此在夜晚浪漫,真正随心所欲……那场景真是妙不可言!"

密友想象着那场景:木偶般日夜劳作的人们,突然有一天放下工作,聚集在霓虹闪烁的花园,举杯畅饮……空气中弥漫着谜一样的费洛蒙,散发着异性神秘气息的信号,让他们不可抗拒地去接近所爱的人……

四

捕获船终于再次起航,目的地不是火星,而是月球。

戴莫斯作为火星的两颗卫星之一,比另一颗卫星福波斯瘦小许多，离火星很远，并还在不断远离火星，加之它是太阳系中最小的卫星，导致了人们对它的兴趣直接从福波斯跳跃到了土星的卫星泰坦——那颗在太阳系内除地球外唯一于表面存在海洋的星球。戴莫斯逐渐被冷落，甚至被遗弃。可谁也没想到，戴莫斯竟藏着矿物，它们给予矿草生命，这让江灿兴奋无比。

但江灿也异常冷静。他采样检测，在证实那些矿物的确是稀缺且利用价值极高后，即刻封锁了消息。他打算在取得矿权之前，先把这片矿产地据为己有。他偷偷给客户打电话，坦言没有捕获到小行星，但发现了其他资源。他对发掘地闭口不提。客户看了检测报告，立马与他重新签订了协议，以之前五倍的价格购买那些稀有矿。

让女人上船也不全是坏事啊！因祸得福的他乐滋滋地想。

矿工们用戴莫斯围绕火星转了两个半圈的时间，把稀有矿矿石塞进捕获船，堆得满满当当。施大钏担心船体超重无法起飞，江灿便下令把剩下的七只抓臂都拆掉。

"反正这趟也捕捉不了小行星，把它们都拆了减轻重量，再多塞点矿进来。"江灿声音高亢地说，"这些矿多赚的钱，够我们换更好的抓臂。大家加油干啊，这回给你们都涨工资！"

船员和矿工一阵欢呼。

捕获船驶入太空。舱室和过道都堆满了矿石，每个人行动都不如以前方便，几乎是从矿石旁擦身而过。大家尽量减少走动，都待在自己的舱室内娱乐。兰桃吉的身体还没完全康复，江灿把休息室腾出来，作为她的房间。在此之前，她睡在后勤舱的杂物室里。

江灿有时去休息室取东西，就和她随便聊几句。

"你为什么要去地球？"有一次他问。

"为了自由。"说到这个话题，兰桃吉眼睛里的幽深感变得更重，"火星上的人没日没夜地拼死工作，其实是逆来顺受，但凡意识到这一点的人都想离开。"

"不对，地球上很多人都愿意去火星，比如说我，我以前就在火星干采矿的活，后来因为发生了矿难，才改行到了捕获船。另外，地球上也没有真正的自由，我不知道你要的自由到底指什么？"

"指的是……"兰桃吉眼角微跳，"不用生活在熔岩管道筑造的地下世界，不用被罩在基地大棚，只能看见人造蓝天，而是有更广阔的空间，自由呼吸新鲜空气，自由选择喜欢的工作，自由地和各个层次的人交往，自由地感受爱情……"

"呵呵，你错了，没有任何地方有你想要的自由。"江灿沉默片刻，叹了口气道，"我不知道是谁给你灌输的这种想法，或者叫信仰。如果你真为了这种自由，还是回火星吧，地球上没有这种自由，相反，你在地球会经历比火星更残酷的现实。除了可以自由呼吸空气，你并不会有更大的空间，尤其像你这种没有身份的人，去了也只能生活在底层。为了躲避搜查，你依然得待在地下城。而且，你很可能找不到工作，更别说自己喜欢的工作。你交往的人群也只有底层区的那些人，除了日夜干活什么都没有，更没有爱情……再说了，爱情是奢侈品，不是谁都能消费得起。"

兰桃吉因惊讶微微张开嘴唇,眼里掠过一丝慌乱:"那为什么你可以这么自由?"

"我?"如何回答这个问题把江灿难住了。他不可能告诉她,他获得现在的自由是用了一些卑鄙的手段,虽然他已经洗心革面,但内心始终无法抹去那段肮脏的个人史。

他又深深地叹了一口气:"好吧,有信仰是对的,我不应该浇灭你的希望。你这么煞费苦心地去地球,祝你有个自由的开始。"

此后,他再也不与兰桃吉纠缠这个话题,即使她追问,他也只含糊地回答,尽量把地球上的事物美化。他想,也许从她的视角看地球,真的就很美好。她已经被生活剥夺了很多,不能再被剥夺仅存的一点梦想。

捕获船逐渐靠近月球,不久后就将在那里接受安检。

月球的安检是所有安检中最为严格的,程序烦琐,检查缜密。江灿因为经常出入,与安检人员混得很熟,还有一点空子可钻。这次,他就是想利用这点空子,让兰桃吉蒙混过关。

进入港口,捕获船靠岸停泊。江灿见前面的船已排成几列,估摸要轮到安检得等上几日,正好有时间干点别的事。他偷偷去了一趟黑市。那个地方位于月球背面,兀自掩藏在艾特肯盆地,也就是月球最大的陨坑里,永远不会向着地球。

江灿贱卖了一部分走私货,换了一张身份卡,在兰桃吉熟睡的时候悄悄将卡放到她的枕边。第二日,兰桃吉来打扫他的房间,问到身份卡的事,他轻描淡写地说:"哦,那个啊,是为了让你过安检用的。"

"可它看上去不像假的,而且是一张地球身份卡,这可是花钱都难买到的。"兰桃吉惊呼。

江灿做了个嘘的动作:"小声点,既然知道难买,就别声张。"

"谢……"兰桃吉刚张口,江灿就举手打断她,冷冷地说道:"先别谢,我还得说清楚,为了不让别人知道我这船载过女性,身份卡上你的性别是男,也就是说,到了地球以后,你这辈子都得做个男人。"

"没关系,只要能在地球生活,是男是女我都不在乎。"兰桃吉捧着身份卡,高兴得连连亲吻它。

江灿坐在那里,安静地看着她快乐的样子——那种触碰到她快乐的感觉,很微妙,犹如时空的微粒在虚无和真实中极速穿梭、碰撞、新生、湮灭。

不久,捕获船收到了安检通知。江灿召集船员和矿工开始为安检做准备。安检前一天,他溜到月球安检室,想找老熟人"沟通"。一进屋,却看见里面全是陌生人,他又灰溜溜地回到了船上。

安检人员全部换了,这让他有种不祥的预感,眼下他更要考虑怎么应对严密的安检,倘若兰桃吉被检测出是女性,他倒是可以装作不知情,可她就完蛋了。他一直想到深夜,也没想出对策。肚子饿了,他起身去厨房找吃的,遇到了施大钏。

"你怎么在这?"江灿问。

"在等你啊。"施大钏把准备好的套餐送到他跟前,"吃吧,吃饱了才好思考问题。"

江灿觉得他的语调怪里怪气,不太像平常那个憨厚老实的副手。

施大钏在他对面坐下:"我今天听说最近在查一批走私货,查得非常严,有人怀疑走私者串通了安检人员,所以全都换了新人。"

"你怎么知道?"江灿放下筷子,严厉地盯着他,眉头的皱纹逐渐加深。

"那几个安检人员被调换前告诉我的,要我们小心点。"

"我们又没干偷鸡摸狗的事!"

"那你今天为什么去找他们?"施大钏看透他心思似的,"你是怕明天安检时,那东西被查出来吧?"

江灿腾地站起,一挥手把饭盒摔到一边,饭菜溅了一地。他沉下脸:"你什么意思?"

"你知道我什么意思。这两年你干了什么,你最清楚。本来也不是什么大事,谁出来不带点东西?可我没想到你胆子那么大,带的竟是那东西,而且还想吃独食!"

"你想干什么?"江灿知道施大钏是有备而来。

"我跟了你那么久,可你从来没替我想过,现在我觉得你已经不适合当船长了,该让位了。"

"让位?你想当船长?"江灿突然想起一件事,厉声道,"那把修理工具,是你让人故意砸向我的,对吧?后来我想了很久,在失重的情况下，如果没有外力，工具不会把人伤得那么重，而且还偏偏正对我！"

"没错，是我干的，因为你已经不配当我们的船长！"施大钏直言不讳，竖起手指，"比如在这次危难中，第一，你做出错误判断，让捕获船损失一条抓臂，还差点要了我们所有人的命；第二，你太自私，为了省那几个钱，执意不向星际救援队求助，害得我们在戴莫斯上耗了那么长时间，你就没想过，万一这中间又出了事，我们一船的人怎么办？第三……"施大钏顿了顿，"你居然帮着别人偷渡，这虽然不是什么大忌，但如果被识破，我们都要被同行耻笑！"

江灿百口莫辩，把拳头攥得直响。他很快觉察，施大钏虽预谋已久，但可能真正导致他现在"翻牌"的是那些稀有矿，是戴莫斯那一片宝藏地！

施大钏冷笑，继续说："很诧异吧？我连偷渡的事都知道。这不怪你，只怪你表现得太明显。你对阿吉太在意，一看就知道不是普通关系。"

江灿没想到这个效劳多年的忠实副手竟这么处心积虑，愤怒的心隐隐作痛。"所以，你就想杀了我？"他问。

"不，我只想让你受伤，方便我调查你走私的证据。我可不干杀人偿命的傻事。"

"所以，你才刻意接近阿吉，刻意安排她去我房间？"他又问。

"是。"施大钏露出阴谋者惯有的胜利笑容，"虽然阿吉最后并没有听我的，但那次中毒事件给了我机会，让我最终找到了证据。"

"你想怎样？"

"我想要你自首。你只要承认走私那东西就行——你也不想把其他人牵扯进来吧？阿吉的事我可以睁一只眼闭一只眼，毕竟暴露一个偷渡客对我们船的声誉没什么好处。这孩子人不错，我也不想毁了他。"

江灿目光冰冷地看着施大钏，他的确早已把自己揣摩透了。

"我们一起搭档这么多年，我跟你也没什么深仇大恨，我只想得到我应得的。但是……"施大钏突然换了一副面孔，"如果你不答应，我就只能告诉他们真相，让他们顺藤摸瓜。他们调查起来应该不难……"

没等他说完，江灿就抄起饭叉扑过去，一手抓住施大钏的头发，一手把饭叉抵在他的喉咙上。叉尖逐渐陷入施大钏的皮肉，江灿能感到他的恐惧，但他不吱声，似乎在用无声有力地还击。江灿极力克制自己，拿捏好分寸，直到施大钏的喉结随着紧张的吞咽上下滑动了几下，江灿才松了手，狠狠推开他，把叉子叉在了饭桌上。

施大钏干咳两声，理了理衣领，哑着嗓子说："要是那样，毁了阿吉的可不是我，而是你……"

江灿沉默，选择放弃。"行，我自首。"他瞪着施大钏，"但你必须信守承诺。"

"当然，我们可是多年的好兄弟！"施大钏揉着发红的脖子，干咳着笑了。

江灿除了寄希望于他守信用,别无他法。让他唯一感到庆幸的是,施大钏没有发现兰桃吉是个女孩。一想到兰桃吉不久之后可以畅快地呼吸地球的新鲜空气,尽情去享受她渴望的自由,江灿更坚定了自首的决心。

捕获船迎来了安检。

安检人员分成三批:一批检验货物;一批拿着安检器在船上搜查;一批守在安检门旁,让船员和矿工排成一列依次通过。兰桃吉站在施大钏前面,像一只受惊的小鸟,躲在高大的人影之下不安地张望。

江灿站在船上远远地看着她,在心里默念着数字,给自己倒计时,一种莫名的悲壮感油然升起。快轮到她安检了,她向他望过来,他不动声色地转身,避开她的视线,收敛起眼底的焦虑,心里一阵痉挛。

他整理了一下思绪,重新盯住搜查的安检人员,觉得不能再等了,必须做点什么。于是,他故意伸了个懒腰,打了声招呼回到自己的房间,将枕头丢到座椅上当作靠枕坐下。

有人跟着进来,他故意把枕头挡在背后。眼见那人察觉自己动作异常,他又表现出紧张的样子,伸手去扯枕头。"我腰椎不好,不能久站,坐着的时候也得靠着东西。"他故作轻松地解释。

一个盒子从枕头里掉出来。他惊慌地去捡,安检人员喝住了他。

"这是我们备用的粮食种子。"他又解释。

安检人员满脸狐疑,捡起盒子,打开,再用检测仪往上面一扫,立即就怔住了。检测仪发出刺耳的警报声。

周围的安检人员迅速围拢过来。

江灿没来由地感到了踏实。

在被押下船时,江灿朝安检门那边瞄了一眼。那时,正好轮到兰桃吉安检,几乎是下意识地,他高喊冤枉,拼命挣扎,将所有人的目光成功吸引了过去。

施大钏和他依然配合默契,当安检人员朝他这边张望的片刻,施大钏假装不耐烦地搡了兰桃吉一把:"有什么好看的!"他催她。兰桃吉满脸迷茫,跟跄着跨过安检门,不等安检系统有所反应,施大钏就已站在了安检门下,等待收回视线的安检人员检查……

江灿再次扭头看过去时,施大钏也正站在安检台上望向他。施大钏像打了胜仗的将军,扯起唇角对他笑。那笑意如毒箭般射来,一支支扎进江灿的身体,每扎一下都那么致命。

种子从发芽、萌生幼苗到进入花期,只需短暂的几日,花朵散发的无香无味的气息便弥散在空气里。合成生物学家和密友暗中观察男男女女,费洛蒙提升着他们的个人魅力。植物店老板最先试种费洛蒙种子,当植物开花后,老板们吸引了不少异性到店,生意一夜爆火,种子供不应求。

合成生物学家对这种承载爱情的形式很满意,得意地对密友说："我从灭绝植物现存的亲属物种上寻找气味的线索,复原了它们已消失的功能,如果朝着更广泛的生物领域延伸,未来还可以让细胞产生剑齿虎的香腺,重建爱尔兰麋的香胞……爱情也一样,气味提供了前所未有的自由,费洛蒙承载了爱情分子的流动,原本的爱情形态可能会消失,但爱情的生命体会走向永恒。"

密友轻抚花瓣,像呵护着幼小的婴儿:"是啊,感情的形态和人类的生命形态一样,都在被时间和科技改变。'躯体'这种传统的容器,可能已无法容纳人类情感的所有含义了,就像这些植物,它们现在是费洛蒙的容器,今后却未必是,但费洛蒙永远存在。"

合成生物学家赞许道:"你理解得非常对。但这种人造的费洛蒙,它的生命周期只有两季,也就是说,它枯萎后便直接死亡,若要再种植,只能买新种子。目前靠我一个人,要永远使它存在还很难,因为我制造不了那么多种子。"

"有限的货源,加上植物短暂的周期,我倒觉得这在经济效益上会收到更好的效果。"密友已经想到了饥饿营销,可又想到销售渠道的一些问题,"船长的身份让我可以自由穿梭于太阳系的各个基地,收集恋人们分泌的费洛蒙信息,带回来给你作原材料,但要把'爱情种子'走私出去,各个环节都是问题,特别是每处港口的安检。"

"放心吧,谁也不会想到我们会把费洛蒙藏在种子里。"合成生物学家把研制的易保存的胶囊体种子放入密封的小盒子,

"如果你还是担心,我可以再给你一些其他种子,以混淆安检人员的视线。"

"什么种子?"

"什么种子都有。"合成生物学家将信息显示器上的种子目录翻给他看。出于职业习惯,他从密密匝匝排列的各式种子中挑了一些与矿有关的种子。

从地球到火星,第一次走私成功以后,密友就肆无忌惮了,火星市场远比他想象的可观,不久后,他就把主要销售渠道转向了火星。那些被抑制了爱情感官的人,在被费洛蒙唤起爱欲后,开始暗中疯狂地恋爱。爱情是毒药,不尝则罢,一尝就会上瘾。潘多拉魔盒一旦被打开,就变得不可收拾。气味扰动着理性,理性控制不了感性,尽管恋人们极为小心,还是难免露出马脚。监管部门很快监测到他们种种异常的恋爱迹象。此后,越来越多的人被送到了"戒毒所",那里很快变得人满为患。

火星居住地空间有限,气味的扩散性不如地球,因而费洛蒙的传播较为集中,味道也越积越浓,不断诱发着男女做出违禁的事情。随着不雅照的流出,监管部门注意到事态的严重性,开始连夜清查"病毒"根源,却始终一无所获。

"你从一个船长变成了走私犯。"合成生物学家打趣地对密友说。他们一边喝酒,一边看新闻。

"这都是你一手促成的,本来我发誓再也不干违法的事。"密友笑道。

"你可以随时收手。"

"不,收不了。不是因为钱,而是我发觉,仅是看着别人恋爱也是一种享受,好像我成了上帝,在人间撒播爱的种子,这让我有种强烈的满足感。"

"你只撒播,自己不爱了?我发现你在刻意避开费洛蒙。"

"那是因为他们给我安排的妻子我都不满意,后来见了好几个也没感觉。我本来可以名正言顺地结婚生子,不需要用费洛蒙去吸引异性。"

"但你需要一个异性,帮你走出失去前女友的痛苦。"

"是的,我需要,可我想自己寻找,靠自己的心去找到爱的味道。"密友脸颊泛着红晕,灌下一杯酒,反过来问合成生物学家,"那你呢?你一直戴着鼻塞器,不是也在刻意避开费洛蒙?"

"你知道我对味道过敏,除了工作,我可不愿嗅那些奇怪的味道。"合成生物学家捏了捏鼻尖,"再说了,我搞科研必须保持头脑清醒,我不想变成像你一样被感情折腾的傻蛋。"

"出水才看两脚泥,谁是傻蛋最后才知道。"密友放声大笑,和他碰杯,又把整杯酒咕噜灌下了。

五

捕获船通过了月球基地的安检,终于驶向地球。江灿也被押往地球,他要回地球接受审判。

审判日前一天,兰桃吉到看守所看他。她还是像以前那样,穿着宽大的男士衣服,头发剪成了寸头,打理得很精神。她对他挤出一个苦涩的微笑,如初见时那样,嘴角漾起梨涡。

"船长,我是来向你道别的。"她的嗓音低微,有种熟悉的清冽味道,"谢谢你。"

"谢我干什么?"江灿看着面前的全息图影,觉得她就是一个幻象,自嘲地笑笑,"我又没帮你什么。"

"不,你帮了我很多……船长,我错了,我当初不该威胁你……实际上,我并没有偷拍……我骗了你,对不起。"

江灿耸耸肩:"我知道。后来我想过,港口那么暗的地方,即使用最先进的手段,也要靠得很近才能拍到。如果你靠得太近,我肯定会发现你的。"当施大钏摊牌后,他才反应过来,在港口跟踪他的鬼影并非兰桃吉,而是他的这位副手。

"那你为什么还……"兰桃吉眨眨眼,试着将眼里的酸涩隐去。

江灿又耸耸肩,做出一副无所谓的模样。

他俩面对面静坐,四目相对,看着彼此。江灿先躲开了兰桃吉灼热的目光。良久,兰桃吉幽幽地说:"船长,在月球安检时,你是故意自首帮我引开他们视线的,对吧?"

"我没那么伟大。我只是运气不好,跟你没关系。"

这时,提示器响起,探视时间到了。兰桃吉起身说道:"船长,谢谢你!"她向他鞠了一躬,就像那晚在港口外的大道上一样。抬起身时,她眼里闪烁着泪光和意味不明的笑意,看似不经意,却重重落在了江灿的心里。

通讯影像被关掉。江灿面前只剩下白晃晃的一堵墙。

审判那天,江灿笃定地坐在被告席上。施大钏拿出了搜集来的证据,细数他走私的种种罪行。对此,他矢口否认。安检人员取出物证,盘问他走私货的来源、渠道、流向等。他还是矢口否认。

他对审判的结果没有把握,但极力把一切撇开,他知道这里面还有回旋的余地。施大钏虽然拍了很多他交易时的影像,但昏暗的画面仅能证明他在做一些私下交易,而并不能证明他就是在走私那些东西。安检人员虽然搜到了走私货,但也不能证明它们归他所有;如果最后查不出所有者,他顶多因为船长的身份承担一点连带责任而已。

但就是因为这种可能存在的回旋余地,让施大钏使尽浑身解数也要把他定罪。查禁的这些东西正处在舆论的风口浪尖,作为唯一被查获的案件,需要有人被定罪,给公众一个说法。施大钏正好利用了这一点。

因此,江灿最后才意识到,无论否认还是沉默,他以为的回旋余地只是他自己心存侥幸,施大钏正在争取让审判变得没有悬念。

就在审判快接近尾声时,突然闯进一个人。

江灿认出兰桃吉的那一刻打了个冷战,一反常态,他跳起来说:"你来干什么?"

"船长,我……"兰桃吉眼神躲闪,忽然侧过身,面对审判席,把头高高仰起,"审判长,你们应该审判的人,是我!我叫兰桃吉,是火星居民,乔装打扮成船员,混入捕获船偷渡来地球,对此船长并不知情。那批走私货也是我带上船的,一切与船长无关。"

"兰桃吉,你在说什么!"江灿大声叱喝。

另一个更响亮的声音炸开,是施大钏。他比江灿更紧张,几乎是嘶吼道:"可笑! 就算你乔装打扮,没有船长的批准,你能上船?"

"那是因为你骗了船长,把我带上船的。你明说是给船长招聘新船员,私下却与我做交易,说只要我能迷惑船长,让他犯错,逼走他,你当上了船长,就帮我偷渡到地球,从此自由生活。"

"什么! 我?"施大钏一愣,暴怒地跳到兰桃吉跟前,紧拽她的胳膊,狠狠地说道,"你胡说八道!"

法警迅即将他俩分开,分隔出一个相对安全的距离。

兰桃吉挺直脊背,面朝审判席,一字一句地说道:"施大钏教我迷惑船长的办法,就是让我在储备舱的栽种区种植'爱情种子',利用费洛蒙的气味引诱船长,让他爱上我,为我承担所有罪行。现在我后悔了,我不想冤枉一个无辜的人,不想一辈子受到良心的谴责,所以我站到了这里。"

施大钏平复了一下情绪,斜嘴一笑,反问道:"好,就算我让你迷惑船长,你怎么去迷惑? 他可从来不喜欢同性。"

"是的,他喜欢的是异性!"兰桃吉上前一步,"我是女人,所以你才让我去迷惑他。船长得知我的真实性别后,碍于你的面子没有揭穿我。后来,我故意带他去栽种区,让他闻费洛蒙——

船上的医生可以证明。很快,他就爱上了我,对我百般照顾,什么都听任于我,我想嫁祸于他再容易不过。"

"你撒谎!"施大钏头上青筋暴起。法警死死拦住他。

"对了,在月球安检时,也是施大钏帮我蒙混过关顺利偷渡过来的,你们可以查看当时的监控录像。"兰桃吉又补上一句。

"什么!"施大钏愣住了,但立即反应过来,把矛头转向问题的关键,"你不要混淆视听!你不可能是女人!捕获船不可能让女性踏足半步!我也可以保证,江灿没这个胆量……"

"我是女人——"说完,兰桃吉紧抿嘴唇,闭上眼,深呼吸,再睁开眼时,僵硬的表情变得从容。她解开胸前的衣扣,脱去上衣,露出把身体缠得紧紧的条带。她把胸口打的蝴蝶结一拉,霎时间,条带一圈一圈向下散开,划出圣洁耀眼的弧线……

审判庭内一片哗然。

合成生物学家帮密友收拾行李,想说点安慰的话,又不知从何说起。

密友接受审判时,他也去了。他本想另辟蹊径减轻密友的刑罚,那个女孩贸然闯进,打乱了他所有的计划。他忘了法庭上的其他细节,只记得女孩在褪去衣服的瞬间,有一种嫩芽破土而出的惊心动魄。他看着她被押解进去,走得轻盈,仿如飘洒在空气中的一股清新剂。那一刻,他取下鼻塞器,闻到了常人闻不到的气味,比实验收集的费洛蒙更为复杂。它附带了小豆蔻、紫罗叶、木兰,或许还有香柏木和海风的香味,淡雅如雪,纯洁如云,和煦如日。他身上的每个细胞都在吮吸那香气。

密友的副手也被收押了,他怒骂、踢打、挣扎,在人证面前无济于事。不久,他的账户和密友一样,也被查出多笔来路不明的货款,坐实了他隐蔽的走私罪行,又因他拒不交代"爱情种子"的来源和相关犯罪过程,被判了比密友更重的刑。而密友因配合调查,主动认错,被允许刑罚缓期执行。

虽然密友最后这结果还算不错,但他好像已不在乎这些。当他得知女孩因违法偷渡被剥夺了火星居民身份,发配去了某个遥远的星球做苦力,永远不准踏入太阳系时,他立刻四处申请为她减轻惩罚,甚至愿意用自己去替换。

偷渡罪很重,密友没有成功,女孩被秘密送走,没人知道她被发配去了哪里。总之,密友再也不可能见到她了。可因女孩而起的这桩案件,意想不到地在火星上发酵,那些无权享用爱情的居民借此示威游行,引发了一场"寻找费洛蒙"的大运动。

合成生物学家不知道这场运动会持续多久,也不知道它是否会改变目前畸形的社会结构,但他心中暗喜,他的目的达到了。所以,他眼下更关心密友的状况。

行李收拾得差不多了,密友又将出航,合成生物学家用胳膊肘碰了碰密友:"别闷着,这不像你的风格。如果你不想干船长的工作,就不要勉强。要不我介绍你到绿洲工程做点事?这样我俩还能互相有个照应。我已经收到了项目组的通知,准备把研发的植物带往火星,正式投入火星生态改造建设中。"

密友面无表情,迟缓地摇摇头:"不了,我还要继续当船长,若是哪一天去某个星球采矿,遇到她了呢?只要我还在太空里流浪,就可能离她更近。"

合成生物学家感到惭愧,忙活了半天,不仅没帮密友走出失去恋人的苦痛,反而让他陷入了更大的永失所爱的哀伤之中。从审判庭出来,他就不停反思当初制造费洛蒙植物的意义。

"你知道吗,她说的那些话,有一瞬间,我居然都信了。"密友把最后一件行李打包好,走到窗台前,"后来我回忆,她根本不知道'爱情种子'的事,她明明种的是矿草,能拿什么引诱我?真不知道她为什么会站出来说那些话。她真是个不折不扣的傻蛋!"

"但有一点她说对了,你爱上了她,对她百般照顾,尽管你没有闻费洛蒙。"合成生物学家跟着密友走到窗台前,看见那盆植了密友爱人气味的植物,在似竹非竹的茎节上,竟开出了一朵花。

"她根本不用牺牲自己,那是我们男人之间的博弈。"密友悲怆至极,重重甩了甩脑袋,试图避开痛苦的回忆。

"这事对我们来说都是个教训。我们善意的任性,让他人付出了惨痛的代价——当然,你的代价也大。"合成生物学家瞟了一眼密友,岔开这个沉重的话题,又说,"有意思的是,婚姻管理部门得知了'爱情种子',竟想方设法复制它,因为他们要指定基因优良的人传宗接代,并非都能成功,有一部分人像你一样,对指定的异性没有兴趣,因此他们想用这种长久性的费洛蒙气味，去促进和维持恋人们的感情。我真没想到，'爱情种子'还能被用在'正道'上，但它到底能在一份爱情里起多大作用，无从得知，我只知道，费洛蒙其实无关爱情，它可以用植物或其他形态承载，可以传播情爱的信息，却无法让人真正去爱。就像你说的，要爱，只能靠心。"

密友惊诧地看着他，而后释然地叹道："大名鼎鼎的合成生物学家，居然也有了理解爱的一天。"

"那得感谢帮你脱罪的女孩。我在她身上闻到了从未闻过的气味，说不清是什么。那气味打动了我。"合成生物学家已经好几天没戴鼻塞器了，开始试着适应这个世界。当他把目光从实验室里转移出来时，发现用嗅觉可以捕捉到更多新奇的东西。他问："能告诉我，你喜欢她什么吗？"

"可能是第一次遇见她时，她身上的味道，我刚好喜欢。"密友想起昏黄的路灯下女孩故意弄脏的脸，和与那反差极大的白牙。在回想中，他脸上逐渐露出坚毅的神色。他说："今后我的捕获船，将光明正大地雇用女性！"

"哦？"合成生物学家吃吃地笑。他很清楚，密友与他一样，骨子里都有股叛逆劲，平日里看似被行规行道所裹挟，在特定时刻却是自行其道。他再次感谢那女孩给了密友又一次自行其道的勇气，并想象密友即将掀起的一股行业内乃至更大范围的风暴。

"我该走了。"密友提上行李，望向外面湛蓝的天空。橘色的云朵正慢慢裂开，犹如他身上的负荷，在慢慢剥离。

"等等,把这个也带走吧。"合成生物学家捧来窗台上的花,"你上次说过,如果它能开花,会为它取个好听的名字。"

"嗯——就叫它'兰桃吉'。"

两人相视一笑。

在密友接过花盆前,合成生物学家最后低头,将鼻尖凑近花朵,用力嗅那花香,再次想起了审判庭上女孩清澈透明的身体。他发觉,花朵散发的香气,正改变着植物的原香。那味道有点像风中的费洛蒙,带着一丝疼痛,虽然有浓烈、迷离的气息,仔细再嗅,却也若有似无,终究还是随风散了。

消逝的真相

一

阳光下,每一块残骸都在风中静置,它们被涂上各色标记,红黄蓝绿互攀互嵌,形成一个魔方般的整体。周东青将墨镜推到头顶,他注意到"魔方"有几处形成异常的反光,勾勒出一个不规则的几何图形,如同一条曲折的巷子,每一个拐角都可能通向另一种开始。

私家飞船坠毁后,周东青是第一批到达现场的事故调查专家,他总想把当时的惨状从脑子里抹去,但一闲下来,那些画面便会窜出来,像这个季节繁殖纷飞的白蚁,让他时常有股恶心蓄积在胸腔里。

按以往事故调查的进度,他应该在半个月内提交报告,进行一个象征性的总结。不管总结与真相接近多少,只要有人能够接受,他的工作就算完成了。然而,这艘堪称史上最豪华的私家飞船,遭受了匪夷所思的厄运。当时,它即将冲出大气层,却突然自杀般地掉转方向,一头往下栽,撞向一架正在高空飞行的飞机。周东青调查了所有可能,包括机械故障和人为因素,均未发现任何异常。迫于舆论压力,他不得不接受延长调查期的命令,将调查组的安置地搬到残骸堆附近。他每天都要到这里转转,试图寻找一些蛛丝马迹,以尽快结束这场厄运后的闹剧。

周东青走向一处反光,靠近,蹲下。那是飞船发动机组上的某个设备,此时已经部分腐化,一种黏稠的物质正从里面缓缓流出。到底有没有流出,周东青只能靠主观判断,因为物质的形态似液体,感觉像在流出,但用肉眼看,它是静止的;它几近透明的硬质表面,如镜面般反射着阳光,让人能够立即发现它。

周东青没有带任何工具,亦不敢轻易用手去触碰,于是给调查组副组长拨了个电话。昨天为何没有发现这些反光?假如昨天确实没有反光,难道这些物质是新生出来的? 它们是残骸部件的正常化学反应,还是另有原因? 他陷入回忆,边走边思索。

不知不觉,周东青返回了警戒线以外的站台。他居高临下,以审视的目光寻觅着新线索——如果反光物质是关键线索的话,那么,这堆由残骸垒成的"魔方",每一面都是通往另一个世界的谜。

让我想想,这件事是从何时开始的。

应该是三年前，我们在火星发现了一种铈族菌。对，就是从那个时候。

哦，不，不是为了采矿，我在火星没有采矿权。那时我运营的只有一艘货船，业务就是运输矿石，往返于地球与火星之间。

我天生随性，承接业务也很随意，不和其他船只竞争，就零零散散接点活，到哪算哪，基本维持着日常开销。也因为这样，我没有雇用固定船员，雇的都是临时工，最低能保证按质按量完成运输任务。别以为我没竞争力，我收费低，又愿意去偏远的地方，所以找我的公司还挺多，当然，主要是一些自营的小公司。与我来往最频繁的是一位名叫凯文的业主，他一直想收购我的货船，但被我拒绝了。我不需要倚靠谁，我的船也不需要倚靠什么公司。既然我们都是宇宙的一粒尘埃，那么就该有尘埃的样子。

好了，话说回来。那次去火星，是在我和江安娜确定了恋爱关系后。她执意辞去了一份正经工作，要跟我一起经营货船。我很感动。在接活的空档期，我决定带她去火星兜兜风。

经历了漫长而枯燥的行程，临近火星，我们从后舷窗望出去，火卫二正好经过。散发着浅淡光晕的它，在火星橘红色的背景下缓缓移动。江安娜说："它真像一位迈着优雅小碎步的绅士。"她微弓了背，模仿它的小碎步，把我逗乐了。

穿过稀薄的大气，货船朝火星南半球古老的高地靠近。由于这边的开发程度不如火星北半球的平原，我们目力所及之处全是撞击坑、峡谷、沙丘和砾石。见惯了火星北半球的"繁荣"，第一次到火星南半球的江安娜说："这才是真实的火星，闪耀着异质美感的火星。"她的话令我对火星产生了从未有过的新奇感。

"如果没有你，我这辈子都无法到达这片南半球。"江安娜为眼下"原始"的火星地貌着迷，而我也正为那样的她着迷。

许久，她从窗口收回目光，盯住我："可是，亲爱的，这里没有停泊区，你该降落在哪里呢？"

"降落靠的是技术，而不是地形。"我自信地答着，沦陷在她深棕色的眼眸里。然而，就是这几秒的沦陷，令我错过了方向纠偏的机会，不仅让货船偏离了预设方向，还从高空一头栽了下去。那时，我觉得一切都结束了，但并不害怕和后悔，因为江安娜紧紧搂着我，让我感到此行是命中注定的一场归宿。

货船着地的一刻，一股巨大的外力将我和江安娜拆开。我只听见如雷的轰隆声，身体被高高抛起，又重重落下，接着不断被抛起和落下，反反复复，与船里的物品一起翻滚碰撞，像被丢进了搅拌机。在失去意识前，我用眼睛拼命寻找江安娜，但视线范围内没有她的影子。我很着急，用尽最后一口力气，唤了一声她的名字……

我醒来时，发现自己躺在温暖的小床上，船舱被收拾得整整齐齐。虽然能看见一些物品破损的痕迹，但幸运的是，整艘船并没有被摔得四分五裂，重要的舱室也都完好。

我下床去找江安娜，货船里没人。我发现外舱门半掩着，便穿好外出服去找她。一推门，就见她蹲在门口，埋头看着什么。

"江安娜。"我有气无力地叫着。她回头，身体稍一侧，我看清她面前的碎花盆。

我心里一痛，也蹲下，想伸手去抚摸那些可怜的花。她却一把抓住我的手腕，叫道："别碰！"

见我惶然，她松开我，解释道："垃圾排泄道坏了，不能用。我打扫这些碎烂的物品，将它们倒在外面。等我再将其他垃圾清理出来时，却看见了这个——"

她指向花裸露的根部，只见断裂的根茎被掩在稀散的土里，还有一些碎片杂物混淆在里面。土壤之下，是一层黄绿色的细颗粒状物质，有着玻璃碎粒般的光泽，在土壤深色的粗沙中显得格外醒目。

"看见了吗？那些半透明的颗粒状物，"江安娜抓起一件清扫工具，轻轻拨开上层的土壤，让更多黄绿色露出来，"我敢保证，一开始是没有的。"

"你觉得它是什么？"我并不清楚江安娜为什么会注意这个，随口问道。

"以我的经验，我觉得它有点像某种矿物颗粒。"江安娜说着，用工具将黄绿色物质连同土壤一并扫入了一个干净的垃圾袋里。

我没有随她返回船舱，而是在外面待了很久，绕着货船转了一圈，查勘四周的地形，看是否还存在一些潜在的危险。

我们坠落在一片洼地，这里的岩层掺杂了某种半黏稠状物质，因此地面是松软的，使得船坠落时得以缓冲。由于智能系统的紧急救助，船呈水平方向触地，而非一头栽下去，所以船身一半嵌入地表，一半平稳地屹立在地表之上。往常，我们需要通过阶梯才能上船的过程，就这样被省去，因为舱门正好与地表齐平。那种一抬腿就能上船的便利感很奇怪，就好像船变小了，我们变成了巨人，能把一切都拿捏在手里。

我们所处的环境没有太大危险，只要船上的生命维持系统正常运转，火星恶劣的气候就危及不到我们。但我们必须发送求救信号，在弹尽粮绝之前等来救援，否则也是死路一条。

在我向外求救期间，江安娜一直在研究那些黄绿色颗粒。每艘货船上都配备有矿物检测仪，幸亏那些仪器没有损坏，还能供她打发时间。其实，让我爱上江安娜的正是她的与众不同。从第一次见到她，我就知道她不是普通矿工。她的外套是探矿者必备的工装，她学识渊博，拥有很专业的才能。后来她告诉我，她是一名探矿者，勘探的对象是某颗小行星，但她更愿意勘探地球……

那是另外一个话题了，这里就不多言，还是直接进入主题吧。没错，江安娜就是在那时发现了铈族菌。

"铈族菌"这个名字不是她取的，是莫弗取的——这我后面再讲。

江安娜通过黄绿色矿物颗粒发现了这种微生物。经过几天几夜的检测，她最终确定那些颗粒是矿物，类似于地球上的氟碳铈矿。这个发现让她万分惊喜，甚至超过了有人前来营救我们的喜悦。

大概一天后，我们迎来了营救。

江安娜把剩余散在舱外的土壤都装进干净的袋子里,像护着宝贝般将它们安顿在自己随时能看见的地方。路上,她兴致勃勃地告诉我,氟碳铈矿是提炼铈、镧等稀土元素和稀土化合物的重要矿物原料,而这种类似氟碳铈矿的黄绿色矿物,是地球上氟碳铈矿的"升级版",能提炼出更多更纯的稀土元素。

我一听,愣住了,随即跳起来,抱住她,与她深吻。因为谁都知道,石油是工业的"血液",稀土是工业的"维生素",堪称"工业黄金"。

是的,我们竟然在火星上找到了"黄金"!

二

事故调查毫无进展。

大道上,黄透了的梧桐叶被风刮落,又被狠狠刮起,似乎要挣脱大地粗糙的束缚,去触摸天空的脸。周东青随着梧桐叶抬头看天,私家飞船和飞机坠落的一刹那又在他眼前重现。他打了个哆嗦,越发感到街道的清冷。

目前,排除飞船的人为因素,调查组的意见集中在三个假说(故障说、雷电说、劫匪说)上。从搜索到的唯一的黑匣子来看,飞船在发生异常情况之前始终保持正常行驶,若是机械出现故障,飞行参数都会被如实记录下来,因此故障说不成立;有专家推测,飞船可能遇上了强烈的雷击而无法控制,可根据气象资料记载,事发时并没有反常的天气,因此雷电说也被否定;

至于劫匪说，根据调查组专门调取的人员和行李的安检记录，毫无因暴力劫持、人为破坏以及爆炸物等因素导致事故的可能性。假设一个个被提出，又一个个被否定，周东青在舆论之下，背负了前所未有的压力。

私家飞船上有三个黑匣子：一个是驾驶舱语音记录器，一个是飞行数据记录器，一个是船舱记录器。搜寻队找到的只有飞行数据记录器，准确地说，是飞行数据的应急数据记录器。它不仅对飞船在飞行全过程中的数据进行记录，还覆盖了发射段、轨道运行段、返回段和着陆段等所有阶段的测控盲区数据，是正常测控数据的一个重要补充。由于飞船与飞机撞击得太猛烈，残骸散落的面积太大，能找回这最重要的一个黑匣子已是万幸。

现在，周东青正是要去总部查看黑匣子的记录。

他已记不清看了多少遍。他几乎能背下黑匣子里的主要参数，那是飞船发动机运行、电源供电、主要仪器设备的工作状况……那些数据都能为事故分析提供依据。可分析结果均是，一切正常。

不可能一切正常。周东青反复看着滚动的参数，坚定着自己的想法，他总觉得调查组忽略了什么，或是遗漏了什么。

梧桐叶？他倏地想起刚才起起落落的叶子，猛然按下暂停键。鬼使神差般，他伸出食指，点了一下后退键，让所有向前流动的参数朝反方向退去，然后又暂停，再用前进键让参数重新恢复向前……如此，他后退又前进了几番。

从飞船航行的角度看参数,的确一切正常,但反过来,以参数本身从后朝前翻看,周东青发现了端倪!

我知道你们想问我,为什么选择柴达木红崖。很简单,因为江安娜是青海人,经她建议后,我才想起那个地方确实像火星。

实际上,我们从未想过在地球的某个地方培养铈族菌。

还是从莫弗说起吧。

莫弗是我父亲朋友的儿子。父亲过世后,我们两家人的交往少了,我再没见过他。当江安娜提议找个靠谱的微生物学家时,我想到了他。他答应来帮我之前,曾是火星绿洲工程的一名研究员,主要负责微生物环境工程。

江安娜坚信,土壤中析出的黄绿色矿物,是我们看不见的东西在作祟,那东西极大可能是微生物。

为了救援和维修货船,我付出了很大一笔救援费和维修费,几乎倾家荡产,所以我把一切希望都寄托在了"金矿"上。火星绿洲工程在火星北半球。我们到了北半球,把土壤交给莫弗,等着他带来好消息。

可有时候,你越是期盼什么,什么就越远离你。莫弗最后没有带来好消息,而是用干巴巴的语气告诉我们:"土壤中的确有微生物,但它们都死了。"

"那些矿物的出现是不是和微生物有关?"江安娜急迫地问。

"它们都死了。"莫弗把装有土壤的袋子扔在地上,不耐烦道,"浪费了我几天时间。"

我放缓语气："意思是微生物死了,就不能测出它们与矿物的关系了?"

"你说呢?"莫弗转身要走。

"等等。"我拦住他,"我想再问一句,那些微生物从哪里来?到底是什么东西?"

"你问的是一个哲学问题吧?"莫弗双臂交叉放在胸前,"它们和土壤中的花肥有关,应该是肥料内的某种菌在特定的环境下被催生出来。至于是什么东西,我也不知道。"

这时,我脑子里闪过一个大胆的猜测,于是脱口而出:"莫弗,看在我们多年的交情上,不,是我俩父亲的交情上,能不能请你跟我们走一趟?耽误你的工作时间,我以最大报酬补偿你。"

莫弗狐疑地看了我一眼,又看了看江安娜,犹豫着说出一个报酬金额。我爽快地答应了。这下,轮到江安娜用狐疑的眼神看着我。

我的猜测是,这种微生物可能只有在火星南半球的环境中才能生存。所以,我要带着莫弗去南半球,重现一次发现黄绿色矿物的场景。

我用货船作为抵押,租赁了一艘小型飞船,与江安娜、莫弗再次来到火星南半球。有了上次的教训,这一回,我平稳降落在目标区域。我们踩在那片洼地上,像踩在雪白的泥浆里,有种黏糊糊的不适感。

江安娜一着地,就朝发现黄绿色矿物的地方走去,将花肥撒在那里。

莫弗跟在我身后，每一步都走得很小心。

江安娜转过身，向我们挥手："快来，有发现！"

莫弗加快脚步，走到了我前头，在江安娜身边蹲下，拨开一层肥料，声音激动："太美妙了！"

只见在肥料铺撒的地方，生长出一层薄薄的青苔般的黄绿色物质，它们呈几何级数增长、扩散，很快就把我们面前的一大片岩土铺满了，若是遇到碎石，它们就灵巧地绕开，沿着碎石的边缘勾勒，在褐色的地面上留下一幅黄绿色的画。

这是我第一次见识到铈族菌的威力：适应极端环境，繁殖速度快，能机灵地避开障碍物，最重要的是，它们能迅速转化岩土中的矿物，效率极高！

铈族菌的发现让莫弗极度兴奋，他根据这种特性给其命名。此后不久，他便放弃火星绿洲工程的工作，和我们长期待在了火星南半球。他从专业角度判断，铈族菌将是一个史无前例的发现，其对于火星开发的贡献程度绝不亚于火星绿洲工程。

莫弗的主要研究集中在铈族菌的生成和转化矿物的机理。那些肥料中的菌群，在火星南半球特殊的环境下发生异变，渗入岩层，很快就把提炼好的类氟碳铈矿送到地表。这听起来是多么不可思议，还没有任何一种微生物机器人能精准地做到这一点。

从此，莫弗就沉溺于相关研究，时常不吃不喝连续工作，也不搭理任何人。为了获取环境对菌群的影响因素，他甚至把观测室搬到舱外,连外层保温膜失效了也不知道,差点冻死。

与莫弗对专业痴迷不同的是,我和江安娜一心想尽快将这一切转化为经济价值,如果铈族菌能进行大规模的矿物转化,那将彻底弥补普通生物采矿效率低的缺陷,将火星上的"金矿"资源合理利用起来。找到具有经济潜力的资源,提取处理,并在市场上进行交换,是所有矿产从业者的目标。

但我没有采矿权。在我认识的人中,具备采矿资格并能让我信得过的,只有凯文。因此,在江安娜对我们所处区域进行成矿预测后,我邀请凯文前来考察。

凯文生性多疑,我几乎是连哄带骗才让他到了火星南半球。一路上,他骂骂咧咧:"在这么恶劣的环境采矿,你是疯了吧!"

"正因为这样,我才到这里采矿。"我对他挤挤眼睛,"出其不意才是成功的捷径,对吧?"

"那得看你说的是不是真的了。"

"我以我的货船担保。"我信誓旦旦,对铈族菌充满信心。

那时,莫弗正在尝试用由大量环境样本配制成的营养液,在实验室培养铈族菌。

凯文见到那一瓶瓶米色的液体,感到好笑至极:"皮亚思,看你吹得天花乱坠的,就你们仨?做这个?"

莫弗没理他,继续做着他的实验,把时间到期的营养液洒到一块块方格子里,等待格子中岩土的变化。那些岩土是我从火星地表挖回来的。

我对凯文说:"莫弗如果能成功培养铈族菌,我们就再也不用来这鬼地方。我还是带你去外面亲眼看看铈族菌的'表演'吧。"

凯文不喜欢穿密闭的外出服,对火星恶劣的环境非常嫌恶,说什么都不愿出去。最终,他让助手跟着我们去了。通过实时隐形眼镜,他以助手的视角看见了铈族菌的采矿能力。随后,助手将那些黄绿色矿物收集回来,他亲手检验了类氟碳铈矿,又与已知稀土矿物做了比较,接着就沉默了,穿上外出服亲自出去了一趟。再回来时,他眼里透着异样的光,又将刚才的检验程序操作了一遍。

"咳咳,我说,皮亚思,"检验结束后,凯文来回踱步,斜着眼睛看我,"这事除了你们仨,还有谁知道?"

我摇了摇头,已经猜到他愿意帮我们获取采矿权了,但我还是低估了他的占有欲。

他继续问:"那个营养液,什么时候能派上用场?"

我看着莫弗的背影,还是摇头。

"要不,我请其他人帮忙……"

"不,凯文。"我立即拒绝道,"莫弗不会同意的,我答应过他,铈族菌只属于他一个人。"

"可我等不了。"凯文捏了捏鼻尖,那是他在做重要决定时的一个习惯性动作,"我看过江安娜的报告,也让内行进行了推算,他们成矿预测的数据基本一致,说明这里的资源的确很丰富。所以我决定,在取得采矿权后,先安排一批人来这里进行生物采矿,把该利用的资源先利用起来。"

"那我们算什么?"我顿时明白了他的用意,有些生气。

他拍拍我的肩,皮笑肉不笑道:"成立一家新公司,你我各一半,如何?"

"那也得把江安娜和莫弗算上!"

凯文脸一沉,我也把脸沉下来。他知道我的脾气,很多次,他都拿我没辙。因此,他又加了其他要求,再减一些要求,最终与我的条件折中,达成共识。

就这样,我们四个人靠着各自的优势,走到了一起。

三

幻灯片的图像上,是显微镜下的微生物。周东青无法形容它们的体色,也不知道它们像什么,只感觉那是艺术展上的一团抽象线条,无秩序地交错着,以一种肉眼不可见的速度缓移,又以一种无法想象的模式消化着周围的金属物质。他仿佛听见树皮下年轮运转的声音,不疾不徐,又无声无息。

他瞟了一眼报告上的总结,叹了口气,转身走了出去。

他的猜想被进一步证实了。残骸上的反光物质不是事故发生后产生的,而是出现在事故前,从它们的生命迹象反推,与黑匣子所记录的事故时间基本一致,这说明了什么?说明引发事故的,可能就是它们!

为了方便调查组的其他人理解,周东青以非洲肺鱼为例,告诉他们,这种微生物可能有两套呼吸系统,像肺鱼一样。肺鱼既可以用鳃和肺同时呼吸,也可以单独使用肺或鳃呼吸。当遇到特殊环境时,它们就如肺鱼遭遇旱季般,立即钻进泥地里,将身体团成球茧,用分泌物和泥土做成茧壳,把各个器官的消耗量降到最低,进入一种休眠状态,用肺进行微弱的呼吸。直到雨季来临,河水重新泛滥,它们才又复苏过来,破土而出,进行正常的生活。

周东青找了很多专家询问,可没人知道这种微生物叫什么、从哪里来,或怎么产生。一筹莫展的他只好又来到残骸前,绕着"魔方"一圈又一圈地观察、思索,不得已想起那些惨烈的画面:堆积的残体狰狞可怖,刺鼻的腥味弥散在死寂中,哀鸣久久停留于废墟之上……

浓重的窒息感让他退到警戒线之外,重回站台。盯着警戒线围成的大圈,他仿佛看见这个诡异的圆在阐释那些生命:原本他们生命的起点和终点在最后关头可以完美相接,组成一幅完整的生命图画,但某种力量设计了他们的死亡,让他们最终结束在不完整的圆圈里……

生命?既然都是生命,那未知微生物的生命呢?如果一切都是一个圆,那微生物的起点在哪里? 周东青一激灵,心里豁然开朗:如果微生物本身无从查起,那就从供给它生命的金属物质查起!

瞬间,"魔方"上的那些反光处,似乎都变得更加明亮了。

别嫌我啰唆，前面说了这么多，主要是想说明，我们四个人最初都是单纯的。江安娜是单纯的勘探者，想要研究地质与"金矿"的关联性，以便勘探更多产出"黄金"的地方。莫弗是单纯的微生物学家，想要人工培养铈族菌，并对其进行基因重组，以便用它提炼转化更多矿种。凯文是单纯的企业家，想要独占用铈族菌生产"金矿"的市场，斥资买下了火星南半球可以买的所有矿权，一度受到业内人士的冷嘲热讽——以火星南半球的环境，在上面采矿的成本远远超过了获得采矿权的成本，即使矿产资源再丰富，也没人傻到亏本去采矿。但是，业内人士没想到，凯文有他的制胜法宝，足以在防控风险的基础上将采矿成本压至最低。而我，是个单纯的船长，最初目的不过是想多赚一些，余生不用在船上度过，可以回地球安度晚年。

我们四人本应优势互补，走向光明的未来，但整件事还是朝着不可逆转的方向发展。最明显的矛盾，是从凯文直接用小行星撞击器进行深部采矿开始的。他的手段一向简单粗暴。

那天，他找到江安娜说："我等不了你用钻地弹慢吞吞地开采了。"

"那你自己打个洞去。"江安娜一向不满凯文喧宾夺主，对她的工作指手画脚。

"我正有此意，如果你想参加，我让你当队长。"

"感谢你的好意，"江安娜嗤之以鼻，"我还有更重要的事情要做。"

"好吧，那我们就各干各的。"凯文斜嘴一笑，捏了捏鼻尖。

凯文是早有预谋的。当时,铈族菌采矿已进行了一个多月,效果很好,类氟碳铈矿的价格虽低,但售卖很顺利,后来这种矿的品质被证明高于同类其他矿后,价格一路飙升。但凯文并不满足。

江安娜也想过深部开采,可鉴于火星南半球的地质环境不太明朗,为保险起见,她计划用钻地弹进行,循序渐进,一边开采一边做科研。她划定了一块地,每天在气温相对适宜的时候外出,收集完数据再按时回来。火星环境不容许她在外面待得过久。

凯文掐准了她的时间,在她没有外出时,就用小行星撞击器撞向了火星。用凯文的话说,他选择撞击的地方离我们很远,相距四分之一个火星球体,模拟计算的结果显示,我们绝对安全。

我们的确没有危险,在他撞击时,只感到地面轻微颤动。但撞击面的扩散,波及了江安娜的那块区域,也就是说,江安娜精心布置的科研区域,被凯文无情地破坏了。

那是我第一次见江安娜发怒。她冲到凯文面前,脸涨得通红,眼里的火变成一把利剑,剑尖直指凯文的眉心。

凯文轻笑,嘟囔着:"别忘了,没有我,你们休想在火星开采。"

我去拉江安娜,抱住她,低语道:"消消气,等我们赚够了,就离开这里。"

江安娜盯着我,眼里的火消散了些许。她一言不发,将我推开,离开了舱室。从此,她都离凯文远远的,偶尔碰见,就狠狠瞪他。

采用撞击方式探测小行星,是深部探测的主要手段之一。老实说,我们都没想到,凯文会将这方法用在对火星的开采上。一开始,他还是考虑了安全因素,因此使用的是最小型号的撞击器。它分为上下两部分,上部为倒锥形,直径较大,下部是侵彻体,为细长圆柱。当撞击器高速撞击星体后,两部分自动分离;下部潜入地内进行探测,上部由于截面积较大,就停留在地表。凯文召集矿工以此为中心,建立了一个深部采矿的临时工地。

撞击器下部的细长圆柱里携带着肥料,一旦圆柱体稳定,肥料里的铈族菌迅速形成并释放,就能据此知道火星深部是否有矿物存在;若是有,便可以测算成矿量。结果证明,凯文是对的,撞击器形成的凹槽里蕴藏着丰富的矿产资源。

有了第一次撞击的成功先例,凯文又分别选了五个地方进行高速精确撞击,形成六边形的网络采矿区。在对火星南半球岩层数据不完全掌握的情况下,凯文选择用小行星撞击器进行深部采矿,相对于其他采矿方式,确实更为节约成本和高效。不得不说,凯文将开采小行星的方式运用到火星上,在实际操作中又进行了一些改良,确是开创了火星采矿的新模式。

那段时间,从高空看,火星曾经的暗区变得灯火点点,尤其在六边形的区域里,灯光如贫瘠土壤里逆向生长的幼草,在不断壮大中给我们带来了无限惊喜。那些通过肥料浸入矿区深部的铈族菌,将所转化出的矿物附在外层,由智能设备收集到一定数量,运送到仓库,无须再经任何加工就可以由货船运至买方。

凯文觉得这一切比捕获小行星采矿更便利,毕竟雇用货船就是一笔巨大的开销,捕获过程中的风险也极高,资源的质量能否得到保证都是不确定的。所以,当两个月后开始盈利,凯文果断地将自己的其他产业全部转让,把所有资金都投入火星采矿。他想一本万利。

不久,凯文就宣布即将开发第二个"六边形"。江安娜立即找到我,说:"皮亚思,我要离开这里。"

"那你的研究呢?"我不想和她分开。

"我的?"江安娜露出苦笑,"自从凯文使用小行星撞击器后,我的研究就成了废品。我想得到的所有数据,他都抢先一步获取了。没错,他让我失业了,我已经是个无所事事的人,所以我要离开。"

"那你去哪里?"

"青海,我的家乡。"她的忧愁爬上眉头,"我母亲曾说,如果某一天我累了,就回家休息。"

"你一个人回去我不放心。"我努力找理由阻止她。

"莫弗会跟我一起走。"

我一惊。

"莫弗的实验进展很慢,他想知道火星环境里的哪些因素在影响铈族菌,所以当我说到想回地球时,他也提出想回去进行一些比对实验。"

我还想劝她,她打断了我的话,继续说:"皮亚思,你也希望莫弗的实验早点成功,对吧?如果铈族菌能在其他环境中培养,或者说只能在火星培养,但能用于其他星球,我们就不必困在这里。我们又不是没了凯文就不行!"

我点点头,明白她心里还窝着一口气,只好答应:"好,明天我就派一艘小艇送你们回去。等我这边时机成熟了,我马上过去找你。"

于是,江安娜和莫弗先于我一步回了地球,去往青海柴达木盆地红崖。我本以为她是意气用事,迟早会回到我身边,但她自此再也没踏上火星一步。而凯文始终没把她和莫弗放在眼里,以至于他俩离开了许久,凯文都不知道。他有足够的肥料撒在矿区,有足够的铈族菌帮他采矿,有足够的客源来争购矿石,他什么都不缺,又怎么会关注两个无名小辈呢?

很快,在火星矿区形成良性循环后,凯文拥有了大量财富,开始享受从未有过的奢华生活。在纸醉金迷中,他到矿区的次数越来越少,待的时间也越来越短。正因如此,他需要一个愿意长期待在火星的助理,这个人,自然是我。

四

阳光流水般款款地渗透进来,将"魔方"里面填满,点亮了。

周东青蹲在半个机翼下方,斜眼瞅着组员截取附着反光物质的零部件,感觉在剥离它们赖以生存的母体。

他联系了私家飞船的制造商,让他们来鉴别这些零部件。事故刚发生时,制造商就被约谈了多次,再被唤来,有些不耐烦,但看见反光物质,他们惊得没了情绪,立即戴上防护手套,在显微镜下一件件认真地鉴别起来。

定制飞船用的都是定制材料。制造商把散碎的零部件信息输入货源数据库,惊奇地发现了差异。他们确定,这些零部件不是他们的原配件,而是被人更换过,可他们未查到任何关于更换的信息。周东青莫名感到兴奋。

制造商没办法追溯那些零部件的来源。他们告诉周东青,除了反光物质的蔓延,那些零部件的形态、质地、功能等和原配件一模一样,但凡有一点不一样,都会引发飞船智能系统的警报。所以,飞船才能平稳地起飞,在火星和地球之间穿梭多次,最后以难以预测的姿态坠毁。

看来找到更换零部件的人至关重要。当周东青一筹莫展时,制造商在一款新型记忆合金中寻得了微弱的信息。

记忆合金是航空航天领域的重要材料,它的形状被改变后,只要加热到一定的跃变温度,就可以变回原来的形状。常用的记忆合金会添加稀土元素,添加比例和元素的纯度都会影响它复原的速度。在那些零部件中,截取于飞船智能旋翼的平衡叶片螺距装置,其记忆合金材料里的稀土元素含量出现异常。于是,制造商在反复检测中,模拟出它比常用记忆合金的复原速度慢了 0.001 秒。就因为这 0.001 秒,制造商重新检测了所有零部件。他们意外发现，细微的偏差虽不至于立刻导致功能失常，但漏洞一旦形成，没有及时弥补，等警报响起时，已无法挽救。他们还发现，那些零部件都有一个共同点：均混合了异常含量的稀土元素。

因此，周东青很快锁定了下一个目标。

我一直觉得自己是凯文的合作者，而非被他雇用。但很明显，我们的合作关系变得不太正常：在外风光的是凯文，我却成了铺路人。我委曲求全，继续打理火星的矿区，这并非完全受利益驱使，而是因为我有个宏伟的目标，它让我觉得自己正做着这个时代最伟大的事情。是啊，既然一开始的主导者是我，不管后来发生什么，我都得为我在火星南半球采矿的决定负责。

江安娜和莫弗离开后，我们只能通过远程电话联系。每天，江安娜都会把莫弗的实验情况告诉我，但我对莫弗的研究越来越不看好，所以希望她多讲一些关于家乡的故事。我寻思着等忙完这一阵就去找她，我非常想念她。

思念的种子一旦埋下，就在身体里野蛮生长。我整天惦记着江安娜，魂不守舍，加之矿区已经进入良性循环，我开始对采矿放松了警惕，在灾难来临的那天，完全没注意到矿区的异常。

那天矿区作业如常，我躺在船舱天台的摇椅上看星空。大气的湍流让星光频繁偏折，使得靠近火星地平线的地球看上去在跳动。我想到与江安娜相隔越来越远，再也难见同一片星空，心里就涌上一股愁绪。就在我陷入一阵空寂时，忽然，矿区发来警报:岩层出现异常!

我立即联系在矿区现场的管理员,可联系不上,只好自已去了现场。在飞艇上,我看见"六边形"的六个角都开始倾斜,梯田般的矿区底部渗出液体,如同一只漏了底的碗,液体迅猛地灌进去,将所有设备吞噬其中。从六个角的倒锥体里逃出来的人,拼命朝高处跑;没跑出来的,就随倒锥体一起被卷入漫上来的液体中。那液体混浊、黏稠,沿着矿区岩壁向上"攀爬",把所有人的恐惧与绝望都往下拖。刹那间,时间在一片近乎沼泽的液体里,凝固成了一张邪恶的脸。

我从未预料到有这样的矿难。我们做足了应对风险的安全预案,唯独没有应对这样一种情形的。

在惊骇与不安中,我发出了求救信号,然后驾驶着飞艇去救人。情急之下,我只能就近施救,能救多少算多少。

那是一座已经在往下滑的倒锥体,几个矿工从里面跑出来,大地在他们身后颤抖、撕裂,随时准备把他们与自己融为一体。我将飞艇停在显眼的高处,打开应急灯,指引他们逃生。

液体上漫的速度加快,侵蚀着矿区的岩体,地层破碎,垮得也越来越快。眼见管理员们已来不及逃过来,我稳了稳情绪,冒险将飞艇悬停在离他们更近的地方。

这是一场没有惊呼和尖叫的逃难。我看见一些人在开裂的地面摔倒,被黏糊的液体吞没;一些人被散落的机器设备砸中,痛不欲生;一些人在逃跑中被利器刮破了外出服,瞬间缺氧而亡……一切都来得那么突然,我无法出舱实施营救,只能眼巴巴看着他们一个个倒下，消失。

我将飞艇开得更近了一些，希望还能再救几个人。地面变得更加泥泞，跑在前面的人每迈出一步，都留下深深的脚印，跑得愈加费力。我站在飞艇门口，不停挥手，催促着他们，丝毫没注意到倒锥体朝我们这边偏过来。被松垮岩层托着的倒锥体摇摇欲坠，其顶上支出的磁阻传感器，像一根长长的刺针，即将从半空扎下。而它对着的，正是飞艇。

当我发现这一情况时，那几人就快接近我了。可我已来不及有丝毫犹豫，返身跑回控制台，将飞艇驶离。倒锥体倾倒，刺针扎下，飞艇刚好侧身躲过。刺针深深扎入了松软的地面，在那里劈开一条沟壑，阻断了那些人逃生的路。

倒锥体歪倒的庞大躯体也挡住了我的视线。待我升高飞艇，从它上方绕过去时，再也没看见那几人的身影。毫无疑问，他们淹没在已被填平的沟壑中。

我无法形容当时难过的心情，不得不继续往上飞，看是否还有活着的人。然而，整个矿区涌动的只有浑而稠的液体，偶尔能看见还未沉下去的大型设备。人，却一个不见。

我经历过多次矿难，可这次，史无前例。谁能想到，从地底涌出的奇怪液体会摧毁一个矿区，会有那么多人以这样的方式被埋葬！

这场灾难给我造成了很大的心理阴影。我为自己的无能为力而自责，一度想要离开火星。

这场灾难也让凯文损失惨重。他将我骂了一通，这时，他想起了江安娜和莫弗。

我说:"你不是请专家进行地质风险勘查了吗?怎么能怪江安娜?发生这种事对我们都没好处。"

"她肯定知道这里地层会发生变化,才提前离开。"凯文气得乱摔东西,而我比他更难受。

"我们是合作伙伴,不是竞争对手,更不是敌人!"我顺手也从桌上拿起个东西砸下去,把他吓了一跳,"现在还是想想怎么处理这事吧!"

他粗鲁地撕开自己的衣领,让呼吸更顺畅些,说:"矿区地处偏远,在这事还没引起外界关注之前,把遇难人员的赔偿处理了。同时,第二个矿区要抓紧开发,否则供货跟不上,损失更惨重!"

"开发?拿什么开发?"我怒视着他,"所有设备和铈族菌都被埋在地层下了。"

"设备我可以想办法去租,铈族菌不能再培养吗?"凯文四下张望,"莫弗呢?叫他回来!"

"以莫弗的性格,他一时半会儿不会回来。"我想了想,叹口气,"还是我回地球一趟找他吧。"

于是,我迫不及待地去了青海——于公于私。

江安娜知道我要去,自然是高兴极了,提前几天就在海西州大柴旦镇等我。去了以后我才知道,她和莫弗的"研究基地"是在距离镇子一百多公里的红崖地区。

途中,我们经过一片荒废的建筑群。我问江安娜:"那是什么地方？"

"一处旅游景区的遗址。"那里道路宽敞，残垣断壁，有一座高耸的石碑。坍塌的房子排列整齐，一眼望去，整片废墟甚是壮观。

我们沿着主路行驶，两旁破败的房子上偶见老旧年代特定的标语，一阵风吹过，扬起一阵风沙，那些标语在沙尘中更显沧桑。

我的思绪随风沙乱飞，问："莫弗的实验做得怎样？"

江安娜莞尔一笑："别着急，到了那里，你就会知道。"然后，她开始讲述家乡留给她的家族回忆，仿佛漂泊已久的种子终于回到了属于自己的故土。而我，悲哀于没有这样的故土。我记忆中的人生都是在货船上度过的。

离开遗址后，我们一路向北。窗外的戈壁滩荒凉无垠，怪异嶙峋的土丘矗立在荒漠之上，连绵起伏。那些盘旋在半空呼啸的风，裹挟着飞沙，如斧头般劈砍着土林群。若不是没穿外出服，我还真以为自己仍在火星上，眼前那砾石遍布的地表、交错纵横的干枯沟壑，都令我仿佛置身火星那熟悉与孤寂的环境中。

五

供应稀土元素的工厂建在一个山坡上。周东青带队往上走时，脑海里蹦出的一句话却是：生活就像一个山坡。他希望爬这坡能一路登峰，千万别被迫走下坡路，因为，上坡很慢，下坡却很快。

厂长热情接待了他们。在一阵寒暄后,调查组成员们开始对工厂的稀土矿进行抽查,周东青则在厂长的陪同下参观。来之前,周东青做足了功课,大概弄清楚了稀土矿提炼的整个生产工艺。从粉碎矿石、选出稀土精矿,到酸、碱、火法三条生产线,再到氧化、萃取、转型、生产出各类氧化物,最后变为某种金属材料,每一步都要经过繁复的环节。他不明白,在这样的情况下,金属里的反光物质——那些具有非洲肺鱼特性的微生物,是如何存活的?他有些怀疑,那是在金属生成后才被植入的,但感觉还是玄而又玄。

周东青把可能提供稀土元素的工厂都查遍了,这次来的是最后一家。他看着正在忙碌的调查组成员们,预感这次也将扑空。他觉得自己的思路可能错了,这样查下去无异于大海捞针。稀土矿的工序虽多,但也不是不可能通过私人作坊来操作,如果有人蓄意谋划一场坠船事故,那必然会选择更隐蔽的方式,而不会通过正常的供应链。想到这里,他心情沮丧。

不一会儿,抽查结果出来了,正如周东青所料,没有与私家飞船零部件匹配的原材料。周东青仿若从山顶被人赶下来,不得不又走了下坡路。

从工厂出来时,夜幕低垂。下坡途中,周东青张望不远处的工业园区,只见那些工厂大型设备的支管,如同古树穿过楼宇的枝叶,在黑夜里给人一种繁盛的幻觉。

那些设备……周东青回想刚才参观时的情景,再联想到私人作坊,不由得放慢了脚步。他吩咐副组长,从明天开始,搜索近年来购入稀土矿生产设备的买家,哪怕是购买了设备的某一部分,也要细查。

副组长应着,拖着疲惫的步子。他们走上了一段平路。

周东青转头再向山坡望去。幽暗的气氛中,工厂轰隆隆的声音,还在他耳边回荡。

我对莫弗实验的印象仍停留在我们身处火星那会儿。我记得他说过,铈族菌只要脱离了火星环境,就无法培养成形,他始终没找到原因。但他发现,越在低温环境,铈族菌繁殖越快。在地球上,生物采矿中应用的微生物是长时间生存的生命体,很多已经生存了三十多亿年,这类微生物能够适应复杂乃至恶劣的环境,包括高温、高压、高盐、高酸环境……它们还可以依靠硫黄等化合物维生,在正常的新陈代谢中对矿石进行净化与"提炼"。当时,莫弗给我举了几个例子,比如,一些微生物能吞进矿石中的化合物,排出金属;也有一些微生物的排泄物中就含有金属或煤炭,通过简单的过滤便可提取……他还说,通常情况下,在高温环境下生存的微生物"采矿"能力相对较强,因为高温能加速代谢,因此他最想不通的是,铈族菌是如何在低温下实现加速代谢的。

基于他告诉我的这些信息,我一直以为他回地球搞实验不会有什么突破,便很有信心地说服他回火星。我心想,等铈族菌重新培养进入良性循环后,他再想离开就离开吧,无论如何,这次我都得带他回去。

到了目的地，我看见一栋房屋如在一片苍茫中长出来的骆驼刺，孤独地矗立在风蚀的凹地中，那窗户透出的星星点点的灯光透出顽强的生命力。走进去后，我发现里面还有其他研究人员，而实验设备远比我预料的高端和齐全。我正想问江安娜这是怎么回事，莫弗不知从哪里钻了出来，见了我不惊不喜，只淡淡问候了一句："哦，你来了。"

我觉得他好像早知道我要来，和江安娜对视了一眼，不知说什么好。

江安娜倒是欢喜地把我推上前，对莫弗说："带他去看看你的最新成果。"

莫弗不动声色，转身往里走。我跟上他，转向负楼层，在进入无菌室前，换了套隔离服。

"铈族菌的培养条件要求高，暴露在其他地方不容易存活。"莫弗直入主题，"但在地球这片土地上，我却成功培养了它，这听上去是不是天方夜谭？"

我重重地点头道："你真实现了？"

"对，我不仅实现了它的异地存活，还改变了它的采矿方式。"莫弗随手拿过一个培养皿，认真解释起来，"根据生物对采矿过程调控的程度，一般分为生物控制采矿和生物诱导采矿。生物诱导采矿是生物体通过代谢活动改变局部微环境的物理化学因素，创造出有利于矿物沉淀的条件而引起的矿化。铈族菌在火星就是通过诱导采矿的方式实现矿物转化的。但我在对它们进行改良后，它们在地球上就变成了生物控制采矿，也就是说，在它体内有机大分子和细胞的共同调控下，它可以让摄入的阳离子与阴离子发生反应，得到具有高级结构的矿物。所以，现在只要将改良后的它植入岩层，它就不需要再靠微环境生存，而是依靠'吃'阳离子存活，'吃'得越多，繁殖越快，产矿也就又多又快。"

"你的意思是，以前我们把目标放在创造环境来培养铈族菌，如今它们根本就不需要环境来维持了？"我无法想象这种脱离了环境制约的存活机制。

"不完全是。"莫弗嘴角溢出少有的笑意，"火星上的环境条件，比如温度、湿度、大气层成分等，都可以通过人工实现，唯独培养的土壤难寻。我以前的思维局限于如何创造条件去培养铈族菌，思路转变后，才知道将铈族菌的基因稍作修改，对环境的要求就不再那么苛刻，相当于铈族菌的自身条件和环境条件双方各退一步，成功就变得简单多了。目前，改良后的铈族菌对环境的要求不再那么高，但该需要的基础条件还是得有，比如土壤。这里的土壤，无疑让红崖成为培养它们的天然场地。"

"这话怎么讲？"

江安娜接过我的问题："红崖这片土地经过多年沉积，地层、岩性、岩相、厚度等都发生了难以预测的变化，与火星那片土地一样，可以让铈族菌生存下去。"

我想起货船坠落处的火星洼地，岩层中掺杂着半黏稠状的物质，意外"激活"了肥料中的铈族菌，便问："这才是选择红崖的关键因素,对吧？"

"这是我们事先没想到的。"江安娜耸耸肩,"因为是家乡,我才首先想到这里,而事实证明,地质环境对铈族菌的影响非常明显。"她说着,打开四面的窗帘,"它们也需要一个看似火星的'家'。"

从圆形房间向四周望去,那是与火星相似的夜景。我有些惊诧,听她继续说:"火星的天空常呈黄褐色,黎明与黄昏时呈红色,日落后呈蓝色,与地球天空的颜色相反。而我们这里窗玻璃反射的光,可以让外面的天空看起来和火星一样。这样铈族菌'看见'的世界,似乎就还是火星。"

我越听越迷糊:"铈族菌,还需要看见？"

"当然,莫弗将它们带去不同的地方,在其他条件不变的情况下发现,如果营造与火星一样的环境,更能促进它们存活。"

莫弗走到我身边,补充道:"这叫生物的情景感知,和我们人类一样,在熟悉的环境中,生物会触景生情,会更有存活的念想。"

"可它们不是人。"

"可它们能感知。"莫弗将培养皿放在我手心,"任何动植物都能感知环境变化,而且它们的感知能力超乎想象。"

我尴尬地盯着培养皿,看不见里面有什么东西,也感知不到任何异常。我能明白的是,基于地质环境这一重要因素,莫弗在红崖培养出改良后的铈族菌,实现了他具有阶段性意义的成功。

"祝贺你。"我将培养皿还给他,欲言又止,最终说出此行的目的,"火星上的矿区遇到了一点麻烦,这次我来是想……"

"那事我们听说了。"江安娜打断我的话,"皮亚思,你来得正好,我们也有事要跟你商量。"

"哦?"

"我们不打算再回火星。"她走到窗前,望向星空,瞳孔里是深幽的黑夜,"我们都不想再受制于凯文,打算合伙成立新公司。"

我一惊,她这想法在此前从未透露过,突然说出来,令我有点措手不及。"你们要自己经营生物采矿?"

"不,我们要经营的是——铈族菌。"

"卖矿才赚钱,卖微生物能赚个什么呀?"我对她和莫弗这两个从未经过商的人感到愕然。

"出其不意才是成功的捷径,这不是你对凯文说的吗?"江安娜反问我。

我无话可说。虽然我俩分开的时间不长,但我总觉得她在某些方面变了。如果不是这次我因火星矿难一事而来,我甚至怀疑她会瞒着我做这件事,进而和莫弗成为合作伙伴,或是——恋人?

我不悦道:"这么说来,我们需要铈族菌采矿,从现在开始,只能向你们购买?"我竟有些后悔当初阻止凯文找人研究铈族菌,更后悔在矿区内集中培养铈族菌,把所有鸡蛋都放在了一个篮子里。

"对,你只能向我们购买,"莫弗的语气变得激昂,"我们买断了铈族菌的所有研发权。”

江安娜扯了扯我的衣袖：“喂，皮亚思，别去火星了，我们在地球也能干出一番事业。希望你加入。”

“我这辈子除了和矿打交道，没干过其他事。”

“铈族菌和矿有关，你也是在和矿打交道。”江安娜纤细的手攀上我的胳膊，以撒娇的姿势挽住我，“就算你不答应，我也要把你的名字写在合约里。”

“让我想想。”我不自然地推开她的手，退到落地窗前。身后，弧形玻璃窗扭曲的夜空，像一面深不见底的镜子，将我们三人的身影都映衬在了里面。

那时，我还未意识到，在星际工业竞争中，掌握原材料只是一种优势，掌握核心技术才是关键。

六

那个人来了，双手紧握着水杯，每隔五秒钟就喝一口，目光尽量避开与调查员的目光撞上。

周东青见此人的第一眼，就感觉他不是他们要找的人。他头发稀少，杂乱地贴着头皮，两眼无光，眼袋又黑又重，鼻唇之间有一层浅黑的胡楂，让整张脸看起来更显苍老。他穿着崭新的衣服，名贵的布料却掩盖不了他的迂憨与寒碜。很有可能，他原本就是一个穷酸的人，因某事发了一笔横财，于是开始从外表包装自己，却难以包装出与之匹配的气场。

从调查组搜查的情况来看，此人在半年前购买了稀土矿设备，最为可疑。资料显示，他是某公司采购部负责人，但在去实地调查前，仅仅通过交谈，就可判定他是个冒牌货。关于公司和采购的情况，他一概不知。他说他只认识采购部的人，然后提供了一个人名。

第二个人来了。他端端正正坐着，与调查员谈笑风生，像是多年的老熟人。他头发梳成三七分，归顺在应该归顺的地方，面容棱角分明，精雕过似的，属于整形后那种被大众喜欢的脸。他衣冠整洁，纽扣扣得严严实实，衣领高高抵在喉结处，让自己与其他人保持着亲而不近的距离，熟练地应对着调查员的每一个问题。

周东青觉得，他谈不上狡猾，却算得上油滑。调查员得用比上个人更多的时间，才能从他嘴里套出一点信息。

经过四轮交谈，第二个人才慢吞吞地吐露，他确实是以第一个人的名义购买了设备，不是为自己所在的公司购买，而是帮别人购买。这里的别人，就是调查组要找的第三个人。

副组长立即联系了第三个人，要求他过来一趟。周东青摆摆手说："不，我们过去。"

第二天，他们就赶往了内蒙古，那里有地球上公认的最大的稀土矿。第三个人的"作坊"就在那里。

据说那里曾是一片隆起的山地丘陵，经过近百年的开采，原本的山变成了巨大的坑。周东青在飞机上俯瞰，觉得那些坑像谁在大地摁下的指印。有的坑扩散开来，与相近的指印相连，变成蝴蝶翅膀般的连环；还有的坑形状不一，颜色比周围稍深，像大地的一块伤疤。

离第三个人的定位近了，飞机下降，渐渐能看见指印中的指纹。那些螺旋状的矿坑道路，一圈又一圈地钻向大地深处，无声无息地展示着人类曾经的活动痕迹。

从坑的上空飞过，再越过一座小沙丘，便看见一处低矮的厂房与定位的红点重合。

周东青带队走向厂房，迎面走来一人。此人身材壮实，颜面扁平、眯缝眼、高颧骨，穿着一双黑皮靴，很是精神。

他便是调查组要找的第三个人。

我父亲曾说："生活就是一堆选择，既然做了选择，那就是最好的选择，因为我们迟早都会走到那一步。"

在江安娜的说服下，我最终加入了她和莫弗的生物公司，但也没离开凯文的公司。我起初想对他们双方都保密，后来一想，他们一方公司正起步，另一方公司正落难，其实双方都很需要对方，我何不在里面做一些穿针引线的工作？如果两家公司都发展起来，最大的受益者不就是我？于是，在我的协调下，两家公司果然很快就建立起良好的合作关系，凯文对江安娜和莫弗的态度也变得极好。在利益的驱使下，他们曾经互相排斥；而又在利益的驱使下，他们变成了目标一致的好友。他们还是他们，但有些规则不经意间就将他们的身份进行了转变，像铈族菌转化矿物一样，极其微妙。

我大部分时间是在火星，因为我不愿把自己发现的"处女地"拱手让给凯文，还因为我更熟悉矿区的工作。我和凯文一样，前半生都耗在与矿打交道上，若是对未来押赌注，我们永远都只会选择自己所熟悉的，而非冒险去干其他的事。所以，我不得不和江安娜继续异地恋，莫弗的工作离不开她。

渐渐地，我对他俩的关系产生了不安，可能是对他俩未提前告诉我他们二人合伙一事而一直耿耿于怀吧。有时我想，若不是他们贷款购置了那些高端设备，雇用了那些研究员，可能就不会拉我入伙了，因为他们知道，仅靠他俩的经营能力，是打不开生物公司的局面的，而我是他们撬开市场的唯一选择。

有了改良的铈族菌，凯文在火星上的矿区重新建立起来。在那之前，他找了一支地质队伍，对火星岩层进行了更深入的勘查，又对即将开采的区域进行了更详尽的地质评估。他决不允许再发生类似的矿难。我对他说，矿难这事本身是负面的，但发生在火星，算是一件好事，因为那样我们就知道了火星地质的"禁区"，这对后期资源开发有很大帮助。他对此表示认同。

有了第一次的经验和惨痛教训，这一回，生物采矿的效益更加明显。那一片红红火火的开矿场面，很快就扫去了矿难的阴霾，源源不断的资金流入，也很快让人遗忘了矿难的哀恸。当然，遗忘是人类的天性，在某些灾难深重的事件上，集体遗忘更是大家所擅长的。

为了不让自己遗忘，那段时间，我从高空监管矿区时总在想，也许若干年后，我眼下这热火朝天的场面，会成为火星资源开采史上的一段佳话,成为这个星球的时代见证,而这片"废墟",亦会成为火星上人们瞻仰的一处圣地。

铈族菌采矿的效率越来越高,品质也越来越好,凯文的公司不仅很快回本,弥补了矿难的损失,且一夜之间享誉火星。矿难之前,凯文享受的是一时的奢华生活,而现在,他几乎垄断了火星的稀土"金矿",真正实现了名利双收,成为行业内的翘楚。

说到这,我有必要简述一下那些年太空矿业的基本情况,这有助于理解凯文为什么会成为矿业翘楚,以及后来莫弗为什么会取代他。

六十多年前,太空采矿技术的成熟促使太空矿业兴起。一些大型集团规划了十年目标:一方面从太空中开采资源,运回地球;另一方面利用太空资源供应宇宙飞船和卫星的需求。不到十年,这个目标便实现了。

太空矿业的发展是太空大开发宏图中的重要一环,其快速崛起直接推进了火星基地建设。在后面的二十多年里,亿万人被转移到火星,形成了建设的热潮。由于对资源的需求量极大,当时有近三分之一的人都从事太空采矿工作,既有在星球上就地取材的,也有去小行星开采或直接"捕获"它们的。无论哪一种方式,最终都带来了各方面的好处:除了从资本市场刺激了经济的复苏,还极大减轻了地球环境的负担,更重要的是丰富了航天工程所需的材料,节省了基地建造和维护的成本。因此,太空矿业被誉为"能让太空事业永久发展的唯一途径"。

有了这一背景,在随后的三十年里,太空矿产资源运回地球的越来越少,大部分都投入了火星建设。但因各利益集团争夺资源,互相牵制,内乱丛生,火星建设逐渐放缓。后来,又随着空间地缘政治博弈的加剧,星际经济遭到多方面的冲击,太空矿业资源总需求迅速萎缩,火星上的上千座矿山一度关停,资源供应链脆弱性凸显,太空矿业结构也呈现分化,其中只有与新能源、新材料、高端装备相关的矿产供应和消费保持了平稳。

为了应对萧条的经济,矿业巨头们想尽办法创新技术,加速布局战略性新兴矿业。然而,无论太空采矿技术如何创新,依然是以地球采矿技术为基础的,主要是等离子体技术、智能操纵技术、超链接遥控技术、生物采矿技术等。前三种技术比较常用,也是太空采矿技术研究的重点方向,因为实现机械化、自动化、数字化和智能化是容易控制的;而后面一种生物采矿,尽管成本低,比较环保,但采矿速度慢,再加上对微生物的培养和利用不易操作,这就限制了它的发展。毕竟,技术跟不上大开发的节奏,就只能被人类嫌弃甚至淘汰。时间永远都不会停下来等谁。

在这样的行业背景下,凯文公司的出现无疑打破了资源供应链的僵局,引起了整个产业的注意。谁都没想到,在火星南半球的荒凉之地,他能利用生物采矿技术提供品质数量兼优的类氟碳铈矿。因此,除了接连不断的订单,凯文也迎来了一批批意向合作者、技术交流者和采访者……

金钱和名誉接踵而来,凯文因对太空矿业的"杰出贡献",

站上了一个又一个领奖台，也吸引来了更多资本。他不顾我的反对，接受了那些资本，不断壮大公司，扩充采矿范围，以此获取更多的资源和名利。

如今回头再看，那应该就是他人生的高光时刻。

七

作坊虽小，五脏俱全。周东青跟着第三个人刚走进去，就被一股刺鼻的味呛得退了出来。第三个人嘿嘿地笑了。稀土加工矿设备把作坊塞得满满当当，连缝隙里的空气也被噪音和粉尘塞满了。

第三个人转头把他们带到一处指印旁，指着下方螺旋状的矿路，老老实实地交代，设备是第二个人免费送给他的，交换的条件是帮某人提炼稀土矿，变为某种金属材料。他说，他没见过第二个人，而是某人直接来找的他，当时载了一车密封箱，后者将箱里的液体洒向这片矿区。他起初不知道某人的意图，直到看见有液体的地方都生出稀土矿来，才明白某人是在进行生物采矿。

他说那真是太神奇了，稀土的开采难度大，能如此高效地将它们从矿区转化出来，真是大开眼界。他不清楚某人用的是什么方法，也不好多问，因为某人戴着口罩、墨镜和帽子，不和他多说一句闲话。在某人的要求下，他安排矿工在液体洒过的地方收集矿物，然后带回作坊粉碎，从中选出稀土精矿，生产出某人指定需要的金属材料。

第三个人喋喋不休地说着，像是好不容易找到了倾诉对象，可以将憋在心里的秘密一吐为快。虽然他说不出第四个人的名字和样貌，但周东青得到了一条重要信息：生物采矿。终于出现的"生物"二字，让他立即联想到非洲肺鱼般怪异的微生物。他不禁为之一振。

随后，第三个人又告诉他们，最终来"提货"的不是某人，而是另一个人，他依然对对方的情况一无所知，只是根据"提货"的对接信号，便将产出的那一批金属材料给了对方。

第四个人和第五个人的线索就在这里断掉了。周东青问后来他们有没有再来，第三个人答没有，他以为他们会再来，毕竟为此送了他一套价值不菲的设备，可怪就怪在，他们再也没来。周东青又问还有没有那种生物采出的矿，第三个人摇头说，他们收拾得一干二净。周东青继续问："以你在这行业的经验，哪些生物可以用于采稀土矿？"第三个人把所有相关的生物背了一遍，最后说："我所知道的这些，都不足以混合了水洒在矿区就能采矿，那人使用的一定是一种新型生物，市面上绝对没有。"

周东青谢过他，沿着螺旋矿路往下走。与矿区的尺度相比，他感觉自己像一只蚂蚁，正在十字路口徘徊；又抑或像地球内部的微生物，在尽职尽责地发挥作用，调节着地球与人类之间的平衡状态。

作为矿产从业者的我和凯文，认为一切方法和手段都是为了采矿,而我们始终没看清楚的一件事是,生物采矿的核心不在矿,而在生物。所以从一开始,我俩就低估了铈族菌,低估了莫弗和他的公司。

如果那次我能在红崖有所警觉,也许会早一点从凯文的公司抽身,及时化解凯文和江安娜之间的矛盾,就能避免后面的事情。但是,没有如果。

那次是我到红崖准备向江安娜求婚。凯文的飞黄腾达,也让我积累了不少财富,因此我感到求婚的时机到了,打算回地球定居,结束异地恋的折磨。另外,我也察觉到了这段感情摇摇欲坠,希望亡羊补牢。

日落前,我约江安娜到红崖一块舒适的平地。我在那里临时安置了一台最好最贵的民用天文望远镜,想在星空的见证下向她求婚。我会指着夜空中的某颗星星告诉她:"看,那是火星,我们在地球的火星上看天上的火星,当蓝色的夜坠落在世界上时,红色将发出璀璨的星光,那便是我的钻戒与真心。"

不幸的是,我从日落等到深夜,银河都不再闪烁时,江安娜才迟迟到来。

"对不起,我来得太晚了,莫弗的实验需要一些数据……"她瞟了一眼天文望远镜,并没表现出我预想的那种惊喜。

"你看上去很疲惫。"我突然不知道说什么。

"最近很累,但今天铈族菌研究的突破,让辛苦都变得值得。"她举起双手,伸了一个长长的懒腰,到天文望远镜旁边坐下,和它朝着一个方向的星空眺望。

我与她并肩而坐。浩瀚的星空恍如梦境。

"铈族菌有什么好消息？"我将目光拉回到她的侧脸。

"铈族菌不仅可以用来在地球上采矿，还可以用来优化环境了。"她蜷起双腿，上半身朝后仰，面孔迎向星空，"铈族菌由诱导采矿变为控制采矿后，在产生矿物的同时，自身结构也发生了变化。它会对周围环境进行响应，形成'铈族菌—环境—次生矿物'的良性关联，既能用来改造环境，还将为气候研究提供一条新的信息渠道。"

"那它转化出来的，还是类氟碳铈矿吗？"

"是的，但具体结构会和火星转化的类氟碳铈矿有所不同。"

"是否可以理解成，属于类氟碳铈矿的一个大体系？"

"没错，类氟碳铈矿和地球上的氟碳铈矿也不完全相同，可它们含有的主要的铈族稀土元素是相同的，这就能够保证用它们制作出的超合金相差不大，都可用来制造飞船、导弹、发动机、防辐射线外壳、耐热机械等的重要零件。"

"真的？"最终惊喜的人变成了我。

"真的。莫弗通过多次实验已经证实，接下来我们就要投入生产，今天正好把这事告诉你。"她脸上的疲倦一扫而光，转头盯着我，"皮亚思，我们不是在火星发现了'金矿'，而是在地球创造了'金矿菌'！"

"这真是个好消息！"我觉得此时的氛围可以实施这晚的计划了。我正准备开口求婚，却见她站起来，望向星空，问："皮亚思，你有没有想过，铈族菌会给我们带来什么？"

"让我们拥有更多的财富。"

"不，我不是说我和你，是说会给人类带来什么？会改变什么？"

我认真想了想说："如果铈族菌的作用不仅限于火星，而是可以应用于地球的话，那将大幅度提升稀土资源的数量。这些年，太空矿业之所以发展得快，是因为需要保护地球环境，减轻或消除矿业生产对地球的污染。生物采矿本身很环保，其最大的缺点就是效率低，但铈族菌弥补了这一缺点，还能优化环境，所以其必然会被大量用于地球采矿，毕竟，除了火星本土对矿产资源的需求外，要满足其他地方的需求，在火星上采矿的成本还是远远大于地球。"

"没错，一旦我们成功，改变的将是整个太空矿产资源开发利用的格局！"江安娜指着望远镜，"它们为了探索星空，每成功迈出一小步，就让人类目光穷极之处离我们近了几光年；我们为了探索资源，每成功迈出一小步，就会助推太空工业跨越一大步，甚至提早实现太空移民。今天下午，我突然觉得自己特别伟大。"

我感受到了她的激动，起身抱住她："我终于知道你为什么选择红崖了。家乡也好，雅丹地貌也好，沉积地质也好，最主要的还是，红崖本身就是矿产资源的聚宝盆。"

她把头埋进我的怀里，片刻，又高高昂起："在我太爷爷和爷爷那个年代，矿业开发是青海经济发展的支柱产业，到了我爸爸那个年代，变成了多元化产业融合，矿业不再独树一帜，我父亲因此失去了工作,后来干苦力造成下半身瘫痪,郁郁而终。我继承了父亲的专业,成为家族第四代探矿者,一直想为他和这片土地做点什么。现在,我终于知道我能做什么了。"

"用铈族菌采矿吗?"

"对。我相信铈族菌的出现和后续改良,可以建立起一个良好的矿业新秩序。"她把一只手放在我的脸颊上,轻柔而有力地捧着,"就让我们的新生活从红崖开始吧!"

她手心的热度让夜变得温暖。我忍不住轻吻她,自然而然地道出了这晚的目的。她没有半点犹豫就答应了。

这晚的星空,见证了我此生最幸福的一刻。

此后几天,我脑海里的思绪不断翻腾,幻想着铈族菌转化的"工业黄金"对各行各业的冲击,幻想着莫弗的公司站在太空矿业食物链的顶端,我们一夜之间都成了新兴产业的首富,我和江安娜从此幸福地生活在一起。

铈族菌,一种在火星变异又被带回地球改良的奇妙微生物,让我以最快的速度拥有了财富、蓝图……还有家。

八

红崖,成为周东青的下一个目标。

他觉得已经没必要再去寻找第四个人、第五个人、第六个人……不管中间出现了多少人,最终的指向都是那种微生物。他搜寻了整个生物采矿市场,如第三个人所言,没有与类似非洲肺鱼的微生物一致的,那么他就反推,谁拥有或造就了那种微生物,谁就是密谋的幕后黑手。显而易见,那神奇的微生物在进行采矿后融入了矿物,在经历中间提炼的环节时,它们中的一些幸运者存活了下来,成为金属材料里的一部分。后来,那些金属被制成飞船的零部件,又被第 N 个人神不知鬼不觉地换到了那架私家飞船上。如此,只要金属里的微生物苏醒,就必然会让飞船部分功能失常,导致其坠毁。

尽管市场上售卖的微生物没有与反光物质中的微生物一模一样的,但专家们通过蛋白编码基因,找到了与之关系最近的一种微生物。周东青得知了它的名字——铈族菌。

铈族菌的研发和生产基地均在红崖。周东青了解到,在飞船坠毁事故发生前不久,红崖的基地刚发生了一次爆炸。如果这两件事有关系,他觉得幕后黑手甚至精准算出了微生物苏醒的时间,这样才造成了先爆炸再坠船。

在调查两起事故死亡人员之间是否存在关联时,周东青飞往了红崖,想去爆炸现场看一看。至于看什么,他也不知道。而其他专家,也将在此后不久到达红崖,与基地的研发区取得联系,就地实验铈族菌能否被改造成反光物质中的微生物。如果他们成功了,就可以证明人为因素有可能在坠船事故里起了重要作用,说"可能",是因为说不定那些微生物是自己"跑"进去的。除此之外,如果能通过这件事发现一种全新的微生物,专家们的收获才是巨大的,这也是让他们兴奋地去往红崖的主要动力。

飞机降落在爆炸现场附近,周东青的双脚落在戈壁滩上,一股冷风呼啸着吹来,呛了他一下。在他面前,几栋被炸得裂开的建筑,凄凉地站立在风沙中。极目望去,世界苍苍茫茫,灰白斑驳。虽然临近的生产基地都停工了,四周渺无人烟,但周东青能想象到昔日这里热火朝天的情景。他绕着爆炸现场走了一圈,边走边思索:是怎样一位天才在这里研发出了那种神奇的微生物?在他身上到底发生了什么?他预测到自己这样的结局了吗?

又起风了。不知从哪里游弋而来的风裹住了周东青,然后又隐没在远方未知的山巅。灰突突的天地间,苍凉而氤氲,远山冷峻而柔和,昭然若揭的真相仿佛就藏在远近之间。

探矿其实就是一项赌博事业。我忘了这话是谁说的,觉得不完全对,但也不无道理。有人做过统计,如果你有一百个找矿靶区,成功找到矿的概率只有23.2%。铈族菌的出现,无疑增大了这个概率,倒不是说它可以被用来探矿,而是因为它能高效率地转化矿物,大大缩减赌博的成本。

凯文最明智的决策是一开始就买下了火星南半球的所有采矿权,在那样一个大靶区内,他成功的概率是100%;但他最不明智的决策是把这100%成功率的赌注全押在了铈族菌上。他应该没想到某一天他会失去铈族菌——我也没想到。所以,任何一项事业都是一场赌博。

江安娜告诉我将终止给凯文供应铈族菌的那天,我刚好买了一艘货舰(兼顾了货船功能的舒适型霸王级飞船)。我想,积累了那么多财富，也该圆圆自己的梦了。我一直向往有一艘那样的船，如果以后有可能，我还是想单独经营一家货运公司，干回老本行。

我很高兴地去了红崖，想告诉江安娜这件事，给她一个惊喜。她却把我带到莫弗面前，郑重其事地告诉我，他们将终止与凯文的合作。

"你做什么事都不与我商量。"我很生气，觉得作为未婚妻的她倒与莫弗更加亲密。

"你的双重身份比较特殊，有些决定我们不方便提前告诉你。"莫弗冷冷地说。

"那你们就是不信任我！"我知道他指的是，我名义上在他们的生物公司，实则是在帮凯文打理火星的事。

江安娜走过来拉住我的手，宽慰道："皮亚思，我们不是不信任你，只是不想让凯文再占我们的便宜。你想想，从你邀请他入伙以来，他反客为主，做事蛮横不讲理，反倒成了我们的主导者。若不是因为你，我真不想和他打交道。如今，他靠我们提供的铈族菌已经成为数一数二的矿业大亨，而我们则远远在他之下。上个月，他借着与你的情义，又来向我们压价，莫弗气坏了，所以我们才决定终止与他的合作。"

我听出她话里有点埋怨我的意思，叹口气说："我留在凯文的公司，就是因为不服气他霸占了我们的成果。安娜，我们才是铈族菌的发现者，虽然当初邀请他加入是迫不得已，但我不想失去一次翻身的机会，也希望你跟着我能够幸福。所以，你们离开他的公司后，我就更不能离开了，我们最初的心血可都在火星那片矿区！"

"我懂。这也是我宁可相隔两地思念你，也从来没要求你离开凯文的原因。"江安娜放开我的手，转而看向莫弗，"我们一直在等一个时机，现在它到了。从这半年的市场结构来看，铈族菌在地球的销售份额越来越大，它正在加速取代矿工的地位，预计未来会彻底颠覆矿业市场的格局。我们将会有更多的合作伙伴，完全不再需要依靠凯文。"

莫弗也附和道："凯文以为我们必须靠他才能实现价值，实际上一直是他依附于我们。我研究的铈族菌三代被允许直接应用于地球的矿业后，已经供不应求，再也没有与他合作的必要！"

我知道，莫弗靠着他的专业，实现了他的梦想。记得当初他就确信，铈族菌是一个史无前例的发现，其贡献程度绝不亚于火星绿洲工程。的确如此。

按理，我们都圆了梦，应该皆大欢喜，但人性的自私、贪婪、妒忌、恐惧，带来了很多不确定性。任何新生事物的发展都是这样，存在新和旧的矛盾，形成曲折的斗争，结果便是新的替代了旧的，升级为某种支配。

凯文失去了自己的支配权，业绩瞬间惨淡。没有了铈族菌，火星的矿区只能停工，就算他能找到其他渠道购买铈族菌，或以其他采矿方式替代铈族菌，那也是暂时的。他慌张地找到我，要我去协调这事。我说，我得走了，在他的压榨和光环之下，我受够了。他气急败坏，用很多脏话骂我。见我去意已决，他最后扑通跪下，求我不要离开。

"皮亚思，只要你说服他们继续供应铈族菌，我愿意把我那部分收益全部给你。"他抱住我的一条腿，全然没了平时的嚣张。

"我想我拥有的已经够了，我是个知足常乐的人。"我试图推开他，但没成功。

"知足常乐？呵呵……"他冷笑道，"如果知足常乐，你会脚踏两只船？是不是你故意与他们设计来打压我？"

"既然我是脚踏两只船，为什么要自毁一只船？我不傻。"他这句话倒提醒了我，有可能是江安娜和莫弗一开始就设计了他。起初他们以友好的方式与他共赢，让他放松警惕，等到他越来越依附于他们时，他们就直接斩断一切，让他措手不及，且无起死回生的余地。

"你是不傻，毁了一只船，马上就抬腿溜去另一只船。你真不傻。"凯文愤愤道，那副狼狈相与领奖台上的大亨判若两人，"只要你不走，我把公司全部给你！"

"我还真不稀罕。如果重新选择，我宁愿继续经营货船。当初我找你获取采矿权时，最大的心愿不过如此。"

"皮亚思，我知道你心肠好，既然你想自由，那就帮我这最后一次，往后我再也不会来烦你。"他声泪俱下，整个身子在我腿上颤抖，让我很难堪。最后，我妥协了："这样吧，我陪你去一趟红崖，就一次。"

于是，我和凯文立即动身从火星飞回地球，到了红崖。江安娜得知我们过来,闭门不见。她迁怒于我:"皮亚思,你怎么老是帮外人!"

"安娜,我也不想,这不是要和他分道扬镳的最后条件嘛,"我轻声细语,生怕点着她的怒火,"具体怎么谈,还看你们。"

"我不想谈,更不想见他,你让他滚!"屏幕那头的江安娜让我想起她第一次发怒的样子。那次因为凯文的小行星撞击器毁了她的地质科研区域,她冲到凯文面前,怒不可遏。

我自认为理解她的心情,不再多言,回头告诉凯文,他们不愿见他,让他自己想办法,我得走了。

我不是去别处,还是在红崖。我准备去红崖的停泊场区,验收我的货船,等江安娜一闲下来,就驶着货船去迎亲。

但我怎么也没想到,我刚离开不久,生物公司就发生了爆炸。我惊恐地赶回去,看见一团团黑烟在红崖上空升起,将天空染得一片昏暗。一想到江安娜在里面,我急得当即就昏了过去。

等我醒来,整件事已完成初步调查。莫弗在死亡名单里,江安娜却不在。她彻头彻尾地消失了,而我的所有积蓄,也不翼而飞。

当调查人员来询问我时,我第一反应是爆炸由凯文所为,以他的脾性和处境做出那样的事很正常。但因为爆炸范围太大,所有监控设备和人为痕迹都被摧毁,没有证据证明是凯文所为,因此我也不便多说什么。而我满脑子想的是,江安娜去了哪里?

江安娜去了哪里?她现在在什么地方?她为什么不辞而别?

我那么爱她,信任她,将自己所有的财产交给她打理,她为什么要离开我?难道她答应我的求婚,就为了谋取我的财富?我不相信!

我想起三年前,我们刚确定恋爱关系时,我驾驶破旧的货船带她去火星兜风,第一次看见火卫二的她,微弓了背,模仿卫星绕行的小碎步,把我逗得乐不可支……那时的我们,多么幸福啊!

如今,我依然爱她。如果说她是携款潜逃,这里面一定有什么误会或隐情,我一定会在红崖等着她回来!

至于凯文,我真不知道他返回火星途中会遭遇坠船,倘若爆炸真是他所为,那他也算遭了报应,虽然我不相信因果报应这种说法,但事已至此,希望他和莫弗都能安息。

好了,我所了解的就是这些。转了一大圈,我又变成了一个人。人生好像又回到了起点。

呵呵。

九

红褐色的大地一望无际,日出的晖光中,灰蓝的苍穹与浓烈的太阳渐次融合,模糊着天际。一辆车行驶在笔直的大道上,墨黑的轮廓像皮影般在天边挪移,巨幕下的视觉冲击,显得这片雅丹戈壁更为雄奇苍茫。

周东青驱车在红崖缓行。他想在旅程中把整件事再捋一遍,还想切身感受一下红崖的与众不同。

在生物公司三位注册人员的名单里,他敏锐地挑出了皮亚思,并马上与当时爆炸事故的调查人取得联系,反复研究了影像中皮亚思说的那些话,换位猜想着他所述内容的真真假假。然后,他从多方收集的信息中判断出,皮亚思从头到尾都在撒谎。最初发现他话里的破绽,是他说第一次到红崖的场景之时。皮亚思复述江安娜介绍红崖的内容过于详尽,这引起了周东青的警觉。

也许是皮亚思记忆力好,也许是他常听江安娜念叨,可在口述中大量地去描述红崖,总感觉有什么不对劲,像是在故意强调,又像是习惯性地谈起。所以,周东青顺着这条线索,又找人反复调查了他和江安娜的有关信息,结果和前面调查的一致:皮亚思资料不详,江安娜查无此人。

皮亚思说江安娜自称家乡在青海,可她的出现显得太突兀,只有少许能证实她身份的"信息",而她的社交范围好像只固定在皮亚思、凯文和莫弗三人之间,尽管公司注册信息里和一些地方能见到她的名字,但就走访的情况而言,生物公司只有少数人听说过她,真正见过她的没有一人。周东青便大胆推断,有关江安娜的这少许"信息"是伪造的,她仅仅是皮亚思凭空杜撰的一个不存在的他所谓的爱人!

天空蔚蓝清澈,汽车驶入柴达木盆地,一阵阵漠风袭来,沙尘飞扬跋扈,将车身打得啪啪作响。周东青放慢车速,将思绪拉回整个调查过程。铈族菌在特定环境下"死而复生"的特性,让一切变得扑朔迷离。副组长曾问他，如果始作俑者真是皮亚思，他是怎么做到的？

周东青答，可以假设，如果没有江安娜这个人，皮亚思始终是和莫弗密切联系的，他完全知道莫弗每一阶段的实验进展。假设莫弗早就研制出那种"死而复生"的铈族菌，也知道它的危害性，还告诉皮亚思打算销毁，皮亚思表面同意，暗地里却偷走了一部分，那时，独占两个公司的计划可能就已在他的脑中形成。

在周东青看来，皮亚思的作案动机很明显：除掉凯文和莫弗，他就可以支配甚至垄断地球和火星的矿产资源，独霸一方。他不能明目张胆地除掉他们，就嫁祸给了江安娜。他编造出一套说辞，用以应对调查，而一个不存在的人和两个死人，永远不可能与他对质。生物公司被全部炸毁，一旦人证物证均灭，皮亚思便可以轻松脱身。

这时，西边的天际线上，一座高耸的石碑闯入周东青的视线。他刹住车，下车向它望去。风沙减弱了，太阳以一个优美的斜度照着大地，将他的影子延伸得很长，长到直达那石碑的尽头。在生与死转瞬交替的地方，他仿佛看见皮亚思乘着货船朝着宇宙的尽头远航。

是的，周东青想找皮亚思时，已经晚了。皮亚思在配合调查留下那段自述的影像后，将两个公司交给专业人士经营，在没被怀疑之前，就飞离了地球。周东青想，他必定是带着所有积蓄走的，那些随江安娜失踪不翼而飞的积蓄，其实是被他巧妙地转移了，短时间内，他不会回来。等人们把爆炸和坠船的事遗忘，他就会再回到火星和地球，掌管他的资源世界。

石碑在蓝天下轮廓分明，用硬朗的线条切割着四周的边界，颇有几分遗世独立的味道。周东青倏然醒悟，有了最后一个猜测——江安娜是皮亚思的另一个自己。也就是说，皮亚思杜撰的人和事是他内心的一种反射，他的恋人是他自己，他的家乡在青海，他才是那个既经营货船，又懂探矿知识的人；他不仅想满足自己膨胀的欲望，又想依顺自己落叶归根的初心。

想到这里，周东青叹息一声。他知道自己的推测并不一定全对，即使对，暂时也不能定皮亚思的罪。但天网恢恢，即使所有真相都被沙尘掩埋，迟早也有揭开的一天；那时，一个完整的故事就将以某种方式流传下去，或颂扬，或赞美，或鞭挞，又或者是警示。只是可怜了那些长眠于此的人，他们的一切就此消散，只留下直指天空的石碑，以无声呼应着无声，以空寂迎合着空寂。

诚然，有宝藏的地方，就有人，有故事，还有碑。

喀斯特标本

是那天上的星，

为我们点燃了明灯……

我们有火焰般的热情……

我们满怀无限的希望……

——《勘探队员之歌》（节选）

一　螺旋坑

一辆卡车开过，划过一弧孤寂的灯影。灯影不远处，有一处灯光顽强地亮着，像山脊上用劲冒出头的稚草，执着地闪亮在冰寒的夜里。灯光附着的地方是三十米高的钻塔。钻塔内，四个人正忙碌着。

我是四个人中年龄居中的一个，没读过书，也没见过什么世面，就在这片土地上混日子，干着与爷爷和爸爸一样的活——打钻。

柴油机轰隆隆地响着,高分贝的声音杂乱无章。我揉了揉太阳穴,试图把困意驱走,但轰鸣声竟变成了催眠曲,困意势不可挡地席卷而来。我向操控台上的钻机机长打了个手势,示意要休息片刻。他同意了。

我上的是夜班,白天闭门睡觉,夜晚不应这么困乏,但这日,我没来由地困到了极点,歪着脑袋,倒地就睡了。睡着前,我听见毛根的声音穿透柴油机的轰鸣:"嘿,凌二傻怎么又睡了,这不是偷懒吗?"

"唉,毛根,凌二傻可不是你叫的。"大武煞有介事地批评他,"我们老辈人才能那样叫他。再说了,他又不是真傻……"

我没听他们说完就入睡了。傻与不傻这个问题,只能交给时间去裁决。

大概眯了几分钟,我恍惚听见另一种轰鸣声,它不是聒噪的柴油机声,而是有秩序地由远及近,闷声闷气的,像有人在地底打鼓,惊得我一下瞪大了眼睛。我弓起身体,将耳朵贴在大地上,用手机电筒照射地面,发现小石块都在轻微地颤动。

"地震了!"我连滚带爬地冲进钻塔。

钻塔内的三个人愣了愣,随即恢复到工作状态。机长回了我一句:"凌二傻,这个地带哪来的地震,你怕是做噩梦了吧。"

他的话刚说完,我就感到脚下一沉。三个人再次愣住。机长反应过来,立即暂停了所有机器。轰鸣声瞬时消失,四周万籁俱寂。

我们跑出钻塔,做好了逃生准备,却没等来余震。星空下剪影似的景物,安详地躺着,毫无异样。

"没事了,大家回去干活吧。"机长吆喝道。

我站在原地张望。远处几辆卡车在移动,从公路这端驶向那端,慢吞吞的,很费劲的样子。一切如旧。

毛根用胳膊肘蹭了蹭我。我跟着他进了钻塔,把钻具的内管打捞起来。

悬在半空的内管旋转不停,待它停下后,我迅速拉下它,平放在地面,将其一头的卡簧座子卸掉,再将其悬置在摆放好的岩心箱上方,用胶锤捶打,岩心就从内管里咚咚地掉出来。随后,我用手电筒照看内管,确定里面没了残存的岩心后,其余三人就开始新一轮的投内管、冲孔,等待冲孔到位,再钻进。我们每天的工作,就是这样周而复始。

我把岩心箱搬往钻塔外的空地,又在那里张望了一会儿。这一晚,当我第八次搬出岩心箱时,天终于亮了。我一犯傻,顾不得整理岩心箱,就往钻塔的升降台跑去。

我把自己升到塔顶,眺望远方,捕捉到这片喀斯特地貌区域的一圈黑色,那像是一幅画被意外滴上的一团墨汁,尤为醒目。

从升降台上跳下,我就朝着那圈黑色的方向跑。我弄出的声响引来其他三人的注意。见我慌里慌张的样子,他们在身后大叫。可我不理会,闷头就跑到了目的地。站在黑色边缘,我这才确切地判断出,面前的这片黑色,是一个坑!

"这是什么玩意?"毛根在身后问。原来他们三人跟着跑来了。

机长上前几步,探头下望,只见坑沿边的碎石散落坑底。他半开玩笑道："这形状很特别啊，叫什么好呢？螺旋坑？"

"螺旋坑……"我重复着他的话，看着脚底的大地以螺旋纹纵向延伸至一个深不可测的洞底，像是海里的漩涡被固化后搬移到了这里。记得一个月前，我发现它时，它的直径才几米，我以为那是其他钻探队留下的"洞"，但现在，我确定距它方圆几里都无人，它却扩大了，地面直径增至十余米，洞底直径和深度也相应地在增加。

"凌二傻，你什么时候对土坑感兴趣了？"大武对着我吐出一口烟，呛得我直咳嗽，"你不会又异想天开，以为昨晚的地震，是因为这个吧？"

"是因为这个！"我斩钉截铁地说。他们三人都笑了。

这时，毛根指着钻塔方向的几个人影，提醒我们上白班的人来了。机长往大武嘴里又塞进一根烟，夹着他的胳膊走了。毛根屁颠屁颠地跟上他们，只剩下我在螺旋坑旁站了很久。后来交接完班，毛根跑来，说他们要回去睡觉了，问我回不回驻地。我摇了摇头，眼睛一刻也不离螺旋坑。毛根也摇头，小声嘟囔了一句："真是傻子！"

我不回驻地的事得到了大伙的同情：无论我干什么，总能得到他们的同情，因为我是傻子。于是，他们在钻塔旁专门为我搭了一个帐篷，方便我白天黑夜都能守着土坑看。这事还惊动了上面的领导，他们来看我时，一再叮嘱机长要照顾好我，意思是我不工作都行，只要不干傻事。

自我成为孤儿后，他们对我的宽容度就无限延展，就像数学公式中呈现的无穷大函数。宽容的主因，还得从我爷爷说起。当年我爷爷是一名钻探工人，因突出贡献，成为先进典型人物，据说那时他在全国都家喻户晓。在爷爷的光环之下，我爸爸成了"钻二代"，光荣地继承了他的事业，也继承了他吃苦耐劳的品格，因此，爸爸也成了他那个时代的全国先进典型。我就降临在这么一个"劳模之家"，骄傲地度过了我的童年，直到二十世纪九十年代末，我的家人在一夜之间消失后，我的噩梦开启了。

他们失踪的那一年，上面的领导极为重视，官方和民间都多次寻找，但一无所获。第二年，所有人便放弃了，上面领导提议追授我家人一堆光荣称号，此事就算完结。可对于我，寻找成了一辈子的事。

我的寻找遍布整个西南地区，横跨三省，不管环境如何恶劣都风雨无阻，好几次，我差点死在路边，幸好福大命大，都挺了过来。后来，上面的领导找到我，把我强硬地带了回去，我才结束了乞丐般的流浪生活。

我被安置在四川的一个地质队里。地质队又把我安置到川南喀斯特地貌区的一个钻探项目。就这样，我有了一份工作。

我当了一名钻工。大武是我第一个老师，我爷爷是他第一个老师，基于这种渊源，他很关照我。虽然他常嫌弃我这也做不好，那也做不好，但偶尔还是会赞扬："你这凌二傻，平时神经兮兮的，可毕竟是出生在钻工之家，干这一行，还是有点天赋的。"说完，他还象征性地拍拍我的光头，以示发自内心的肯定。

日复一日，年复一年，我度过了十年的钻探生活。

现在，生活还在继续。稍有变化的是，我会在每天黄昏时分去一趟螺旋坑。

不久，我发现离坑不远处冒出一间简易房。又不久，大伙都发现了它，但没有人去一探究竟，就像两位武林中人狭路相逢，会意一笑，平行而过，不愿产生多余的交集。然而，某一天，我正在螺旋坑旁站着，有人找上了我。

"请问，你是对面钻塔里的人？"一个男人装扮的女人走过来。若不出声，我辨识不出她是女人。

我撇过脸，点了一下头。这些年，除了地质队的人，我几乎没和外人说过话。

"我们发电设备出了故障，维修人员明天才能过来，今晚能去你们那边挤一挤吗？我们就三个人。"

我又点了一下头。

她先是一愣，可能没想到我答应得那么爽快，然后喜言："太感谢了，我这就回去叫他们收拾点东西，晚些过来！"这里早晚温差大，若没有电，他们的夜晚将很难熬。

我们自然是欢迎他们的到来，尤其欢迎那个叫王侦仪的女人。我们干活时，王侦仪和她的同伴们挤在大帐篷里，对着一些图纸比画，争论不休。我们休息时，机长等三人就和他们围坐在电火炉旁闲聊，内容主要围绕着他们为何而来。而我便坐在稍远的位置，剥花生，抛起来，用嘴接，一粒一粒地吃。

王侦仪对我的表现很诧异，我们对他们的到来更为诧异。当帐篷里的温度升高后，她脱下鸭舌帽，露出一头凌乱的短发，扬起红扑扑的脸庞，回答机长的问题。"可能说了你们也不懂，我们是被一种类似宇宙射线的奇怪光波召唤来的。"

"什么波？"机长伸长了脖子。

"宇宙光波。"王侦仪找出一张图纸，指着两组数据解释，"几年前，我们用射电望远镜发现了一种宇宙射线，试图破解它，可是没成功。但最近，我们意外发现地球上有一种光波，对其进行频谱分析后，得出所含的频率分量与宇宙射线相同，但排列又恰好相反，所以我们认为这两者之间必定有某种联系，就想通过研究这种光波来进一步解析宇宙射线。"

"光波在哪？"夜班组四人中学历最高的毛根好像听懂了似的。

王侦仪又拿出一幅地形图，在上面一点画了个叉："在这里，就是那个坑……"

"那个螺旋坑！"大武惊叫道，随即向我望了一眼。我抛花生米的手停顿在半空。

"你们叫它螺旋坑？倒是挺贴切的。"王侦仪笑起来，"光波就是从这个坑底发出来的。"

"这么说，你们是……"毛根瞪大了眼睛，"天文学家？"

"算是吧。"王侦仪收起图纸，随意应道。但这个回答让机长三人唏嘘不已，也许他们这辈子也没想到，有一天还能与天文学家住一个帐篷。

这一晚，夜班组没人再有心思认真干活。到第二天交接班时，我们的工作第一次没按量完成，受到了批评，机长还被扣了工资。但即使这样，也没能削减我们一夜的新奇感。随后，这事就传到了驻地，甚至传遍了整个喀斯特地貌区，但没人因此去打扰天文学家，他们也再没来过钻塔这边。

生活恢复到常态。平日里，我们远远望着简易房，觉得那是神圣的、庄严的，不容我们随便破坏。这大概就是钻工们对一种身份的尊重和仰望吧。

二　吞噬

当地底打鼓般沉闷的声音再次传来时，我正在自己的小帐篷里睡觉。我弹簧般地坐起，看见帐篷外有很多人影晃过，都在朝一个方向跑。我从一堆棉被里爬出来，刚从帐篷探出头，就被毛根逮了个正着。他一拍大腿："嗨，你怎么在这呀？机长以为你在坑那边，和大武给你送饭去啦！"

"我今天困，没去……"我吸溜了一下鼻子，抬头仰望天边，已是黄昏，此时正是交接班时间，也是晚饭时间，是白班、夜班两组人员最集中的时段。若此时我不在，他们通常会留一份晚饭给我。我回去后，饭已凉了。大武心疼我，偶尔会把饭给我送到坑边来，后来因为天文学家出现了，他送饭的次数也就越来越多。很快，机长也加入了送饭行列。在我吃饭时，他俩总是面朝简易房，天南地北地胡侃，间或从嘴边冒出一些荤段子，肆无忌惮地大笑，好似每天能找个理由近距离打望王侦仪，是枯燥的钻工生活中最快乐的事。

我还在发呆,毛根一把抓起我,几乎是连拖带拽地将我往坑的方向拉。我俩到时,其他钻工和王侦仪他们正站在坑边,上半身呈四十五度角低头盯着下方。我知道发生了什么,不敢过去,但又忍不住过去,只好跪在地上,慢慢爬到坑边。

这个坑又坍塌了,直径又扩大了几倍,螺旋纹路也变得更深。在坑底那个黑黝黝的洞口旁,我的饭盒正躺在那,饭菜都以喷洒状铺在周围。这个场景任谁都能猜到,机长和大武掉入了坑洞,他们遇难了!

我全身开始哆嗦,脑袋像被人摁进了水里,再也听不见任何声响,只能从磨砂玻璃般的水雾中,看见人们手忙脚乱,手舞足蹈,上演起一台好戏……我咕噜咕噜吐着唾液泡沫,脑子跟随头顶的飞虫而飞旋,嗡嗡嗡,嗡嗡嗡……时间停滞了,与我最亲的两个人,消失了。

在夜晚的寒气来袭之前,毛根啪啪地抽打我的脸,将我从"水下"捞上来,又是连拖带拽地把我拉回钻塔,扔进了小帐篷。从他扔我的气力,我感觉到他的怨气,或者说是愤怒。未等我弄明白他这"气"从何而来,一股股更强烈的"气"压向了我,那真叫一个排山倒海。

大武是个老单身汉,亲属不多,按流程很快处理完后事。机长那边却没这么简单,他的家属不依不饶,找到工地,围攻了我。以他们的说法,若不是因为我,机长就不会去坑边,不去坑边也就不会遇难,所以罪魁祸首是我!其实,他们的逻辑没错,我也将机长和大武的死归咎于自己,所以当他们围攻我时,我就老实地蹲在地上，任由他们踢打，直到他们解气为止。

这次事故涉及两条人命，总得有人承担后果，自然而然，我就成了承担后果的最佳人选。三天后，我被解雇了。没地方可去，我就把小帐篷搬离钻塔，挪近螺旋坑，隔着坑，与简易房遥遥相对。

天黑了，毛根给我送了个炭火盆过来："凌二傻，你说你怎么不走远点，还赖在这里。"

"柴油机的声音，听不见，我就睡不着。"我蜷缩在被窝中，瑟瑟发抖。

"能走你就走吧，这里可没你留恋的人了。"毛根叹了口气，"你不走，上面的领导还得让我照顾你。"

"不，我不走。"我使劲摇头，"我要把机长和大武找回来。"

毛根气得一脚踢在炭火盆上，差点烧了裤腿。

气归气，他还是每日来给我送饭。他们比我自己更怕我死在这里。

不用干活，我反倒能做更多的记录了。在机组时，我负责"三岗位"工作，做的就是上余丈量、岩心编号、水文测量、班报表的原始记录等。现在，我记录螺旋坑，以我的观察和自定义的尺度，记录它每天的变化。

我坐在坑旁，正在草稿纸上标记坑道深度，王侦仪突然来到我身边，蹲下身问："你在这里做什么？"

我没理她，直到把一段坑道标满数字，合上记录本，才抬头将本子递给她。

王侦仪一页页翻着，惊讶的表情从脸上溢出："为什么记这个？"

"从小经历了很多怪事，对这类事，就特别注意。"我如实说着，往阴影深处缩了缩。我还没习惯与外人说话，尤其是女人。

"从你标注的来看，你很早就知道这个坑在扩大？"她盘腿坐下，与我肩并肩，"它就像一座活火山，是吗？"

我点了点头。她继续道："四川喀斯特地貌主要分布在川南云贵高原向四川盆地的过渡地带，我们脚下正是喀斯特地貌集中区域。你应该知道，喀斯特地貌区很容易出现溶洞、天坑等地理现象，主要有六个原因。"她掰着手指数，"一是石灰岩层厚，二是地下河的水位深，三是包气带的厚度大，四是降雨量大，五是岩层平，六是地壳突起。四川不是喀斯特地貌最为丰富的地区，却拥有最多样化的喀斯特地貌。但这个天坑，并不具备六个形成原因，也不属于多样化形式之一，却发出异常光波，真的太不可思议了。"

她把记录本还给我："螺旋坑将会引来越来越多的人关注，前几天的事故已经引来了很多记者。媒体的作用一旦发酵，各路人马就会蜂拥而至，而我作为第一个到这里的研究者，必须在其他人来之前掌握第一手资料，这样才能掌控这里的主动权。你懂吗？"

我摇摇头，但我觉得她快说到重点了。

"从第一次见你站在天坑旁，我就知道你对这个很感兴趣。既然这样，何不来帮我一把？或者说，我提供一份工作给你，反正你闲着也是闲着,怎么样？"

我又摇摇头,想也没多想。

"你先别拒绝。"她有些尴尬,可能没想到我回绝得那么利索,"可以考虑一下。"

"我不需要……"

"你不需要工作。"她接过我的话茬,"但需要朋友,对吧？"

我的脸抽搐了一下。

她站起身走了,不多久,又折回来："能不能把你的记录本借我几日？虽然看不懂你写的数字代表什么,但你画的图,特别是描摹天坑的那几张,非常有意思,有点像我们构建的一些天体模型,可能对我们的研究有帮助。在发生这次塌陷事故后,我们的研究陷入了一个奇怪的悖论,你的图或许可以帮我们打开思路,对下一步寻找坑洞里的物质……"

"等等！"我听到"寻找"这个敏感词汇,立即打断她,"你们要去洞底找什么？"

"找……"

"可以找人吗？"我激动地直起半个身子。

"嗯……"

"我答应为你们工作！"我急迫地说道,把记录本丢给她。

她惊喜道："真的？那一言为定！"

"嗯！"我从她身上看到了希望。

于是,我有了一份新工作。

王侦仪给我提供的工作,不过就是把一个机器人放入坑洞。我纳闷他们为何不把它直接扔进去，一定要人把它"送"进去。王侦仪看出我的疑惑，为我播放了一段手机视频。

那是他们几天前拍摄的。我看见他们选了一个相对平缓的地方，把小机器人放在天坑边缘，然后用操控器启动。机器人顺着斜坡往下滑，但因坡上有螺旋纹路，免不了磕磕碰碰，摔了几次，又爬起来几次。就在快到达坑底时，它忽然失控了般，似有一股力将它猛然拉向前，它随之翻滚了几圈，腾空而起，在坑洞的上半空急速旋转，如被吸入海里的旋涡，最后消失在车轮大小的旋涡之中。

看完视频，王侦仪向我解析机器人为何是以那样的方式掉入坑洞。尽管她说得很通俗，但我还是不太懂。她又耐心地讲了两遍，我才大致明白：原来，坑洞除了有奇异的"宇宙"射线，还产生了一种特殊的吸引力，那种力让任何经过它上空的物质都无法逃脱。经过他们测试，目前那种力所吸引的范围还不算大，它呈一个漏斗形，高度不超过十米。也就是说，只有离坑底十米以内的东西才会被它吞噬。

我有点不相信，随手捡起一块石头，朝坑洞的上方抛去。按照抛物线方程，石头的轨迹应是柔滑的弧形，可是它在落到坑洞上空时，突然转了个弯，划出一条折线，硬生生地栽进洞里，并且是旋转着掉落的。我又试了几次，无一例外。

"这就是我们找你的原因。"王侦仪也跟着扔了几块石头，"我们测算需要精确的数值，可机器人在进入坑洞时是无序的状态，我们没法设定初始值。如果你能帮我们把它送到洞口，那结果就完全不一样了。"

"我需要怎么做?"我不解道,"我靠近洞口送它,它就不会呈无序状态?"

"不能说绝对不会,但可以是相对的。我们做了一个三米长的圆筒轨道,只需要将它放在洞口处,机器人从里面滑下去就行。"

"为什么是三米?"

"太长的话,你在另一头不好把控,吸引力可能会将它折断。"王侦仪转头看了我一眼,"太短的话,你过于靠近,吸引力又可能将你吸进去。"

"把我吸进去?"我想象不出那股力量有多大。

"不止你,如果天坑继续扩大,会让经过这里的空气产生涡旋气流,那样的话,甚至可将飞机吸入。"

我的头皮有些发麻,后悔草率地接了这工作。

当我第一次靠近坑洞时,依旧草率,完全低估了洞里的那股力,差点被吸进去。当时,我就地翻滚了几圈,一只鞋掉入坑洞,立即感到脚被什么擒住,它拉扯着我脚踝以下的部分,足以将我整个身子拖下去。我拼命抓住螺旋纹路中一块冒尖的岩石,用力向上蹬另一只脚,试图摆脱将我向下拉的力,可是没用,那股力量太强大,大到极快地就爬到了我的腰间,将我迅速往下吞。

王侦仪在地面大叫,催着她的两个助手救我。助手们被吓着了,磨蹭了半天不愿下来。这时出现了另外两个人,他们顺着坡壁滑下，小心地挪到我身边，抓紧我的手。他们因太过用力，面部变得扭曲，额头青筋暴起，向后蹬的脚跟似乎要把地面戳穿了似的。王侦仪的两个助手见势不妙，这才哆哆嗦嗦地下来，帮着他们一起救我。

在与那股吸引力的拔河比赛中，四个人喊着号子，集中力量往一个方向拉，最后终于胜利了，将我从旋涡边缘拖了出来。大家倒在坑坡上，喘着粗气，骂了几句粗话，才得以从这场惊险的事故中彻底解脱。

王侦仪跑来，板着一张脸："彭教授，你怎么来了？"

一个人站起来，拍了拍身上的尘土："王教授，什么事你都早一步，在敏锐度这方面，我真自愧不如。我知道你不喜欢与人合作，但这次，这个天坑，"他指向漆黑的洞底，"不是那么简单，我们——也许还有更多的科学家，应该合力弄清它是怎么回事。"

"我和你没什么可合作的。"王侦仪冷冰冰地应道。

"粒子物理学和天文学本身就是一体，这点你无法否认。"那人向我伸出一只手，把我从地上拉起，"再说了，在危急时刻，我的出现总是恰到好处。这样的合作不是挺好？"

王侦仪瞟了我一眼，又愤懑地看了看两个助手，扭头走了。

三 "地球黑洞"

自从彭木杉出现后，简易房周围就扩充了好几间房，他们把我的帐篷也搬了过去。我正式成为他们团队中的一员。

这回上面的领导省心了，毛根也省心了。他为我送饭的最后一晚，与我道别："凌二傻，川南这边的钻探项目结束了，我们都要走了，以后没人照顾你，你可悠着点玩，别把命给搭上了。"

"你去哪？不等我把机长和大武找回来？"我啃着他送来的馍馍，瓮声瓮气地问。

"呵呵，不等了。"毛根苦涩一笑，"他俩这一走，我也不想再待下去，准备辞职回老家娶个媳妇，过过小日子得了。"

"哦。"我顿了顿，用手背揩了一下嘴巴上的油，就见他晃晃悠悠地出了帐篷。那时，夕阳将他单薄的身板拉得修长，一如孑孓而立的钻塔，在风中显得无助。

没几日，我就望见远处的钻塔拆掉了，钻机组的人开着皮卡车将物品通通拉走，就此消失在我眼前。此后，我便将帐篷的门转向钻塔的方向，这样每天进出，都能眺望到"从前"。

为了让我顺利完成任务，彭木杉找了个风口训练我。每天，我就在风口处扎起马步，握着根铁棍子举在半空，锻炼臂力和平衡力。

新机器人被调试好后，我又准备上场。这次，在与那股吸引力的较量中，我顺利将机器人送入了坑洞。

返回地面，只见十余人挤在一间房里，正在电脑屏幕前观测机器人的踪迹。连接电脑的还有一台数据分析仪，它时不时发出嘀嘀声，使得那些人随之紧张，又随之惊呼，仿佛他们的魂都被它攫走了。

许久,彭木杉发出低沉的声音,问:"你们觉得这像什么?"

"黑洞!"王侦仪率直地答道,走到支架式白板前,用水笔在上面画了个圈,"按照机器人反馈的信息,我首先联想到的是,它掉进了一个黑洞!从机器人身后发射的绿色激光束来看,它在一分钟内下落了一千多米,先加速,后减速,发出的颜色逐渐变红,直至光束完全消失;但从它'眼睛'显示的画面来看,它自身'感受'到的下落却是匀速的,没有任何异常。这就是说,它自己看到的情景,与我们看到的,是不一样的。"

"相对论中的观察者效应!"某个人叫了一声。

"没错,机器人的这一现象,与我们研究物体掉入黑洞的现象,几乎吻合。"王侦仪在白板上写下几个公式,"机器人从加速到减速,是因为在黑洞里越接近视界面,时间就越慢,它的动作也就越慢,包括光的频率都会降低,直至降低到零为止,不再有任何光可以从洞里飞出来。可时间为什么会变慢呢?我们暂且可以按黑洞的规律理解,那就是强引力场导致了空间扭曲。空间扭曲让时间流逝速率变慢,因此让我们看见了机器人速度异常。"

"如果拿黑洞做比较,那天坑发出的辐射,就类似霍金辐射。"彭木杉夺过王侦仪手中的笔,也在白板上写了几个公式,"真是这样的话,我们来这里寻找未知的粒子就找对了地方。但是,你们有没有注意到,在机器人消失之前,它发出的最后信号,是有所偏移的。也就是说,它的路径,不是笔直向下,而是在到达一定深度后,被横向牵引。为什么？"

"因为它不是真的黑洞。"王侦仪瞪了他一眼,"它只是大部分特征像黑洞。这地球上的黑洞肯定与天体黑洞有差别。等我们用计算机把模型建好后,就知道它到底是怎么个状况了。"

"地球黑洞。"彭木杉在指尖转着笔,"这名字不错。"

"接下来,我们就各忙各的吧。"王侦仪摆弄数据分析仪,"这些数据得之不易,我希望你们不要外传。"

"我不能答应。"彭木杉将笔放到一边,脸耷拉下来,"我们不能摒弃共享知识的科学精神。"

"哼,什么事都有个先来后到,我才是这个地方的发现者……"

两人又开始针锋相对,其余人面面相觑。

我扒开挡在面前的人,走近他俩,中断这场争吵,问道:"这洞里,能找人不？"

房间安静了片刻。

"凌二晨……这个嘛……"王侦仪吞吞吐吐地说道,"洞底太黑,机器人没看见里面有人。但是,这不代表不能找到他们……你要知道,进入黑洞后,时空发生扭曲……他们可能去了另一个空间……"

"王教授,此黑洞非彼黑洞,你怎么大白天说瞎话……"

"你懂什么！"王侦仪的脸有点红,"这是我和他的事！"

彭木杉做了个缴枪投降的姿势,似在说"好男不跟女斗",带着自己的科研人员离开了房间。

我抓住王侦仪的手臂,再问:"怎么去另一个空间找他们？"

"这不还在研究吗？"她推开我的手，与我保持一定距离，"等我们研究好了，再告诉你，行不？"

"要等多久？"

"不好说。总之，我会第一时间告诉你。"她的眼神看似真诚。

我好奇的劲头蔫了下来，脖子缩进衣领，慢慢退出去。

余下的日子，这片喀斯特地貌区热闹起来。大概是彭木杉公开了那些数据，全国各地的人都来了。除了各个领域的科研工作者，还有各部门的领导和记者，以及一些科学爱好者。

王侦仪把记录本还给了我，我依然每日去坑边，记录自己的数据。不久，来螺旋坑的人越来越多，他们有的用仪器测量什么，有的换着花样给螺旋坑拍照，有的搜寻着各类人进行采访。有一次，一位记者找到我，说要采访我，被王侦仪的助手看到后，拉到一边，嘀咕了几句，记者就不再追问我了。我猜，助手一定给记者说："采访他干啥，他就是个傻子。"

可是，傻子也有傻子的好处，在这片区域被划定为禁区时，所谓的闲杂人等都被驱逐了出去，唯独剩下重要领域的科研工作者和我。当时，为了清理这里，突然来了一些穿制服的人，他们责令闲杂人等离开，一刻也不能逗留。仅仅半天时间，人们便像蚂蚁一样被赶走了。我当然不愿意走，躺在地上死活不动，穿制服的人就把我架起来，强行要将我拖出去。我挣扎、踢打、叫骂，王侦仪跑过来制止他们，并向一位领导模样的人求情。彭木杉也过来了，与她竟达成一致，说如果我不想走，就让我留下吧。

说那些话时，他俩用手指点着自己的脑子，示意领导我脑子不正常，是个傻子。领导从地上捡起我的记录本，翻了几页，脸上写满不相信的神情。王侦仪只好解释，从我的身世说起，再说到我执意守在这里的原因，最后说了我对他们的帮助。

领导围着我转了几圈，细细打量，在满腹狐疑的表情中点了下头，把记录本扔还给我，又讲了几句严守纪律的话。我听得不太懂，但知道他同意我作为一个例外留下了，高兴地从地上爬起，对着他鼓掌。

领导走后，我听见王侦仪埋怨彭木杉："看你干的好事，把什么人都给招来了！"

"我也没想到事情这么严重。"彭木杉语气带着委屈，脸上却丝毫没有歉意，"从我们建模的预测来看，如果这个黑洞继续塌陷，地球面临的将是灭顶之灾，仅凭我们几个，是没法阻止这场灾难的。"

"一切都是预测，理论上的计算不能说明什么，更没必要惊动上面。你太小题大做！"

"是否小题大做你最清楚。"彭木杉笑意模糊，"你想借此一举成名或流芳百世，也别拿全地球人的性命来押注，记住你的科学精神。"

"去你的狗屁精神！"王侦仪低骂了一句。我第一次见她如此愤怒。她一头钻进简易房，几天没出来。

军科机构进驻后，一切都变得井然有序。科研工作者的房屋被加固，并不断被扩建，最后形成一个占地约五十亩的基地，而这还仅仅是科研基地，六十公里之外的乡镇，也被纳入了基地范围。乡镇作为指挥中心，领导和许多重要人物住在里面，王侦仪和彭木杉每隔一段时间就会去那里汇报科研进展情况。

在科研基地，我的帐篷坚韧地伫立着，在规整统一的房屋中显然成了"钉子户"，不伦不类地挨着王侦仪的简易房，但又始终保持着最初的距离，一如我和她的关系。在基地人的眼里，我是个傻子，所以他们说话从不避开我，我也因此能偷听他们的对话。有时睡在帐篷里，他们的声音从王侦仪的房间传过来，扰得我难以入眠。渐渐地，我从听来的闲言碎语中拼凑出一些信息，也渐渐明白了为什么这里会成为现在的样子。

那些信息告诉我，王侦仪和彭木杉运用机器人发回的数据，创建了一个螺旋坑的坍塌模型。计算机通过物理模型试验推演，建立起塌陷与各种影响因素的关系，并再现了它的塌陷过程。随着采集的数据越来越多，计算机推演出的塌陷过程也更精准。在以时间为轴线的画面中，他们看到，那个发射出辐射的"地球黑洞"，每坍塌一次，表面积就扩大一次，深度也相应地增加，它就像天体黑洞一样，无情地吞噬着周围的一切，而就在这坍塌中，它最终将塌陷为一个黑点，让这颗蓝色的星球不复存在！

因此，这件事直接上升为了国家安全问题，但在没彻底弄清它是怎么回事之前，又因要避免引起外界的各种猜测和恐慌，所以相关的信息都加上了"机密"二字，此一区域及相关研究也由新成立的特殊军科机构接管了。

于是，科研基地像时钟齿轮一样一刻不停地转动起来。穿制服的卫士们取代了我之前的工作,他们每天分批次地下到坑底,用专业手段采集科研工作者所需的数据。他们精神饱满,动作麻利,没人像我当初那般恐惧。

卫士们的干劲,加速了科研工作者的研究。他们没日没夜地创建模型,不停地修正和精确数值,模拟"地球黑洞"的演变,探究着如何阻止这场全球性的灾难。

四 奇迹

我第一次闯进王侦仪的房间,差点把门框撞下来。王侦仪和助手齐齐后退,仿佛我是入室行凶——可能我的面容有些狰狞。

我抓起王侦仪的手腕说:"走!快走!"

她的助手狠狠推搡我,将我俩分开,甩给我一个唾弃的眼神。

王侦仪揉着被我抓疼的手腕,吼道:"凌二晨,你想干什么!"

"今晚会塌陷!"我再次去抓她。

她一闪身,躲开我。"你是说,螺旋坑今晚会坍塌?"

"对!"

见我回答得斩钉截铁,她冷笑道:"下一次的坍塌时间是在三天后,这个我们早做了预测,不用你操心。明早我们就会撤离。"

"来不及的……"

她举起一只手截断我的话,目光如炬:"别闹了,凌二晨。如果你影响我们正常工作,我随时可以让你离开!"

她把这句话的尾音落得很重,让我感到有股从她身上迸发出的力量,要将我一脚踹出门。我咽了咽口水,低下头,盯着脚尖看了一会儿,然后转过身。这次的莽撞之举令我恍然:我真是个傻子!

没人理我。我回帐篷自个收拾东西,打算在天黑之前离开。可是,我在吃了晚饭后,满足地打了个饱嗝,居然睡着了。

我睡得不算太沉,大概因为潜意识里还惦记着塌陷的事,地面稍一震动,就惊醒过来。掀开帐篷,我看清了,是一辆集装箱车缓慢驶过。我松了口气,下意识地望了一眼天边:夜空中没有星月,时空仿佛凝滞了,将万物冻结在黑幕之中,冰冷幽暗,正好与"地球黑洞"遥相呼应。

我收回视线。周边的几间房都熄了灯,有亮光的地方光亮也逐渐灭了,只有一字排开的集装箱车旁还有人在走动,小心谨慎的,丝毫没打扰这夜的诡异。是的,夜静得诡异,除了自己的呼吸声,感觉不到其他生命的存在,俨然这里是一座古墓。当基地完全陷入一片死寂后,我又坐着打起了盹。

地面再次震动,我强行睁开眼,以为又是集装箱车驶过,而那持久的轰隆声伴随着身体下沉,激得我忽然跳起,像有人从头顶淋了盆冰水。人们陆续冲出屋子,将基地的空地填满,继而又如喷流状分散开。他们随便套件大衣,提着裤子,光着脚就朝后方跑。

黑暗中,人们像受惊的鹿,闷头乱撞,顾不得撞上了什么,随人潮翻卷而去。那些从我两侧奔走的人，汇成两股巨大的潮流，如排空浊浪冲击着我。他们撞得我肩疼，还把我的帐篷踩了个稀巴烂，一时间，我站在原地，不敢动。

突然，身后亮起一排强光，不知谁喊了一声"快去集装箱"，人流转向，又朝强光处奔腾。而我的脚被钉在了地面似的，挪移不开，并随着重力直直下沉。我想呼喊，可嗓子被恐惧堵死了，发不出一丝声音，只能听着地底的鬼啸由远及近。我盯着前方的房屋被疯狂肆虐，而后被撕成碎块，消失在地平线上。

尘烟开始弥漫，在远处车灯的照射下，强风携着沙土，劈头盖脸地打在我身上，像一只饥饿的猎鹰冲向它的食物，迫使我紧紧护住头。我的呼吸变得艰难。在密布的尘土中，我被猎鹰击中，仰面摔倒，后背磕在石块上，从脊椎传来的疼痛令我蜷成一团。地面下沉的幅度越来越大，我不得不翻过身，将手指扣入黄土，拼命固定身体，脑子里回旋的是钻塔发动机的轰鸣。在危急时刻，我以发动机的轰鸣驱逐着大地的轰鸣，聊以慰藉。

不知是睡着了还是昏迷，当意识恢复后，我发现自己已被黄沙埋去了大半个身子，脖子和耳朵里灌满了沙粒。我坐起来，抹了一把脸上的沙，但见天已微亮，原本在我帐篷前方的房屋都没了踪影，取而代之的是一个幽深的黑洞，而我的腿，正搭在它的边缘！

螺旋坑坍塌后，面积又扩大了几倍。它依然以螺旋状敞开，坑底的洞口相应变大，边界比之前更锐利，活像地底恶魔张开的大口。

我打了个冷战，两脚蹬着往后退，仿佛洞里伸出了舌头，正要来舔舐我，我极力避开。这时，我后背磕着了什么，回头一看，是一双腿；再一仰头，是王侦仪的下巴。

集装箱车开了回来，逃命的人都从里边出来了。他们聚拢到螺旋坑边缘，傻愣愣地立着，看着眼前的一片深渊，表情凝重，偶有啜泣声。

王侦仪扶起我。我的腿无力，有点站不稳。她忽然哭道："你还活着，你还活着！"她反复念叨这几个字，哭声招来更多的人，把我围起来。

我成了个奇迹。

彭木杉为我披上外套，揽住我的肩膀，拍了又拍，好像有话要说，却只道："走，到车上去暖暖身子。"

后来，经过清理发现，这次坍塌中有七人遇难。

事故发生以后，我们都搬到了指挥中心，也就是附近的乡镇。王侦仪因预测失误，造成人员伤亡和重大损失，差点被逐出去。彭木杉为她说了很多好话，她才被允许留下，但只能作为普通科研人员，管理权和决策权都移交给了彭木杉。而我就幸运多了，最明显的变化是，没人再叫我傻子。

我被安置在一座两层楼的房子里，据说这是领导对我的特别照顾。除此之外，我还受到了科研组的特别关照，因为我的预测出乎意料的精准，被他们特许加入。加入的意思是，我可以参加他们的会议，可以自由进出任何科研房间，可以找他们解答一些机密的问题。所以，在科研组重整后，彭木杉第一次召开会议时,我可以坐在角落旁听。

我听不懂他们说的术语,坐了一会儿就犯困,打起呼噜。我被旁边的人推醒,见每个人都在笑,知道打扰了他们开会。

"我出去睡。"我一边打呵欠一边说。

他们又笑。彭木杉却说:"等等,有些事想问你。你来说说,那天晚上,你是怎么知道会发生塌陷的?"

这个问题难住了我。我掏出记录本,扬了扬:"是这个告诉我的。"

王侦仪伸手接过了我的本子:"你的记录我看了很多遍,能看懂一些图形,但不知道你标记的是什么,能解释一下吗?"

我在脑子里搜寻合适的词,感觉每个字都在跳跃,却汇不成一个完整的句子。我无法解释。

"别为难他了。"彭木杉看出我表达不了,"我们换个角度问他。比如,这些数字是不是你记录下的某种塌陷规律?"

我微微点头。会场的人有些骚动。

"你是怎么计算出来的?"

"观察到的。"我如实回答。我可不懂什么计算。

"怎么观察的?"

"趴在地上观察的。"

会场一片哄笑。

王侦仪紧绷着脸:"你是说,你观察到了天坑纹路变化的规律?"

我又点了点头。

她沉思片刻,拍案而起:"我知道了!我预测失误的主要原因是,我的模型参量里缺失了地质数值这一块!"她急速走到彭木杉的位置,站到会场中心,"我们一开始的思路就错了,我们被光波引偏了方向,把这个天坑作为天文物理现象来研究,而疏忽了它的本质。它实际是一个地质现象!"

"在这里没成为禁区之前,一些地质学家来过。"彭木杉说,"当时我还和他们讨论了一些问题,他们无法对天坑做出合理的解释。"

"从学科单方面地看,谁都无法解释。所以我们需要创建一个统一天文物理和地质的模型。"王侦仪振振有词,"可能在预测方面,地质起了主导作用,这也就可以解释为什么凌二晨会比我们预测得更准。但在阻止这场灾难上,我还是坚信要应用天文学知识,"她瞅了一眼彭木杉,"或者是粒子物理学。"

"我赞成。"彭木杉加以肯定,"我们都说科学有三把利剑——观测、分析和计算,我们第一步就做得不够,导致了上次的事故发生。在观测上,我们要向凌二晨学习,哪怕靠肉眼和直觉,也要贴近事物本身,而不是只靠仪器搞点数据回来,以为那就是事物本质。所以,为了加强全方位的观测,我将会邀请一些地质学家参与,对天坑的地质构造进行测量,再研究合适的模型,把我们已知的数据和新数据都植入进去,重新模拟螺旋坑的演变……"

"有个问题。"会场忽然有人插话道,"凌二晨这次是预测准了,但万一是巧合呢?"那人说完瞥了我一眼,眼神明显在说,他可是个什么都不会的傻子啊!

"我想过这个问题。"回答他的是王侦仪,"凌二晨的预测,应属于偶然中的必然。我这么讲的原因是,从我认识他的第一天起,他就已经在观察,之前的几次坍塌他都在现场,从这点来说,我们都是后来者。他是一名钻工,与大地打交道十年有余,对地层的变化有特别的敏锐性,所以,他不是凭空预测,而是有他的方法。尽管我们不知道他的方法是什么,但他的记录本足以证明,一切都不是巧合。"

"没错,大家不能戴着有色眼镜去看待一些问题。我们是科研工作者,应该有包容的科学精神。"彭木杉接着说,"我们对那些自以为的巧合事件,应该多问个为什么。我相信,发生在我们身边的现象都不是巧合,最多就是概率问题,如果硬要说巧合,那也是我们科学还未探明,正如地球上还存在无数未解之谜一样。我们不知道这个螺旋坑如何形成,为什么偏偏出现在这里,为什么会有光波辐射,又为何会显现天体黑洞的一些性质。但是,请各位记住,这些都不是巧合!"

彭木杉和王侦仪的一唱一和,形成不可辩驳的意见。此后,科研组再没有人对我的存在提出异议,但参加完那次会议后,我再也没去过他们那里。

螺旋坑被彻底封闭起来,其周围半径三公里被设置了关卡,外界任何人都无法进入,它的所有信息都如上次事故那般被完全抹掉。我不清楚事情发展到了哪一步,反正没人告诉我,我也不关心。我只隔三岔五地去问王侦仪,什么时候能去洞底找人,有没有什么安全措施。经历了上次塌陷,我见识到了"地球黑洞"的威力,觉得必须要有安全措施才能下去。

王侦仪总是回答,快了,快了。她对我变得极有耐心,以前那种居高临下的傲气也没了,像换了个人。

我不能再去螺旋坑观察和记录,便每日在乡镇里打转。我经常去超市挑选东西,但什么也不买,或跑去食堂的厨房揉面团,一揉就是一整天,再或者去指挥总部的空地看直升机,仰头看到脖子酸……

五 "银色蜘蛛"

冬天到了,我不再出门,蜷在暖气房里画草图。上门的人倒是络绎不绝,给我送饭的、送衣服的、送家具的……过年的时候,领导还来了一次,握着我的手说一些我听不懂的话,旁边的人就不停拍照,搞得我像大明星。有时候,这样的待遇让我恍如隔世,我便甩给自己两巴掌,把自己打清醒。

指挥中心的人数成倍增加,起初我没发觉,当春天来临,我在直升机上俯瞰,才注意到密密麻麻的人,填充在小镇各个角落。

那日,我剃头回来,彭木杉在我房门前徘徊。整个冬天,我们都未见面,他变得胡子拉碴,我差点没认出他。他什么也不说,直接带我上了直升机。

我第一次坐直升机,抓着他衣服的手捏出了汗,直到望向窗外,被眼前的景色所震慑,才放松下来,再也舍不得挪动眼珠。

视线拉高,小镇上那些像积木搁置在平面的房屋,变成线路板上的电子元器件,逐渐隐没于底色厚重的山水画里。更高更远的地方,满眼的绿色,将大山遮盖得严严实实;再高再远的地方,喀斯特地貌一览无余。绿色的山包虔诚地匍匐着,俨然朝拜的信徒。山间时而兀立的石林,不可捉摸的深陷的坳地,错落有致,莽莽苍苍。我看呆了。

直升机平稳向前,在半空中停顿时,缄默的彭木杉碰了碰我,示意我往另一边看。我扭过头,看见一摊黑色突兀地出现在斜下方,它的外围有两个圈。内圈上均匀分布着八个银色小点,外圈上用黑线画了一个圆。直升机绕着外圈转了个半圆形,便折了回去。

下了直升机后,待引擎声小了点,彭木杉才开口道:"那边是螺旋坑,我们不能再靠近了。目前它的吸引高度增至两百多米,低空飞行的物体,比如鸟类,一旦从它上方经过,就会被吸进去。"

我木讷地看着他。

"大家都在会议室等我们,进去后我再细说。"他根本没在乎我的反应,又径直将我带到了一个房间。那里已坐满了人,除了熟识的科研工作者,有几位是我未见过面的,还有几位穿着惹眼的制服。

房间的中央放着一个沙盘模型,王侦仪站在旁边正说什么,见我们来了,收了口,将激光笔交给彭木杉。他把我推到沙盘模型前。我第一次见这东西，可能因刚下直升机的缘故，一眼认出，那是喀斯特地形图。

彭木杉打开激光笔，将激光束指向发光的小点："凌二晨，你刚才在飞机上看到的八个点，就是我们正在修建的桩基。我们计划在螺旋坑上空安装一个穹顶装置，它既可吸附物质，也可对冲物质，我们暂且叫它'银色蜘蛛'，主要用以削弱螺旋坑的能量，以阻止它继续塌陷。整个工程从现在算起，预计一年完成，而这一年内，螺旋坑将发生八次坍塌，我们根据坍塌扩大的面积，算出装置一年后的最佳安装位置，也就是这八个点。"他在模型上空画了个圈，"这八个点外围的一圈黑色，是防护网，它和'银色蜘蛛'相隔一段距离，形成过渡区，用于防止外人进入和一些危险事件。"

我听得云里雾里。

"这半年，科研组推演出螺旋坑的演变。按照它现在塌陷的速度，理论上只需十年，整个地球都将被它吞噬，坍缩成其他天体，我们的家园将不复存在！记得你第一次护送机器人到坑洞口吗？那次的探测表明，螺旋坑的塌陷不仅是垂直而下，而且还是向两侧扩展的，照这样下去，不久后的地球内部，将会形成很多中空地带，在螺旋坑还未吞噬所有物质之前，各地就会发生更多的塌陷事件，而塌陷又会互相影响，加速螺旋坑引发坍塌，造成恶性循环。因此，把这些变量加入计算公式的话，地球从现在到毁灭就不到十年！"彭木杉说到此处，血气高涨，脸色发紫，喝了口水，才放慢语调，"还好，经过一次次模拟试验，我们最终找到了遏制螺旋坑继续塌陷的方法：一是强行炸掉它，以毒攻毒，这种方法快捷，但后果难以预料；二是用物理手段减缓它的变化，这不会造成什么损害，但用时长，工程量大，见效慢。我们讨论时分成了两派，以王教授为代表的激进派赞成第一种方法，而以我为代表的保守派赞成第二种方法，后来我们把两种方案呈报给领导，上级批示选择第二种方法。"他顿了顿，语气转而变得沉重，"现在，开始动工了。第二种方案在不断精细化后遇到一个难题，那就是这个工程将运行多年，需要一个管理者。"

说到这，在场的人都齐刷刷看向了我。

"为什么需要管理者？"彭木杉自问自答，"因为'银色蜘蛛'是一个密闭装置，它从螺旋坑吸纳的物质将充满整个空间。为了不让物质逃逸，它只允许进，不允许出，需要一个人长期守在里面，而这个人至关重要：他除了日常管理设备，懂得如何维护，还要定期对外传输数据。就我们目前的技术而言，一些数据能够通过先进装置和机器人得到，但螺旋坑的情况特殊，另一些数据只能通过原始的方法获得，比如它的岩层在密度、磁化性、导电性、放射性等方面的情况，需要钻探取样配合观测。"他按下沙盘旁的一个按钮，模型上空立即出现一幅悬浮的影像，"凌二晨，你看，这是螺旋坑的三维建模图。如果是一般区域，地质专家可以通过卫星影像和无人机航拍，几分钟创建一个实景模型，再通过三维激光扫描数据，清晰观测到山体裂缝、估算危岩方量，大到流域，小到滚石，都难逃'天眼'。但在螺旋坑上空,他们无法从卫星影像资料里提取信息和对比解译,更没办法使用无人机去抓拍细节,因此他们冒着生命危险,花了几个月,才通过实地取样绘制出这幅三维图。如果螺旋坑是固定不变的,这幅图就能继续派上用场,可惜,螺旋坑不断坍塌,造成各种数据处于变动之中, 我们需要有人对它进行实时监测,不间断地提供最新观测值。"

看着在半空旋转的倒锥形体,我有些头晕。彭木杉将一只手搭在我肩上:"凌二晨,今天带你到空中转了一圈,又带你来这里,是想郑重告诉你,你被幸运地推选为'银色蜘蛛'的管理员! 这是我们深思熟虑后的决定,除了你,没有其他人更适合! 你将成为拯救世界的英雄!"

我微侧身子,摆脱他的手,见所有人都在等我的反应,怯生生地说道:"我……我不懂……"

"不懂没关系。"彭木杉的目光在眼镜片后闪烁不定,"把你作为最终人选,我们当初也有争议,可为什么还是选定你? 是因为这件事不宜让更多的人知道。就目前指挥中心了解内情的人来说,他们都还有更重要的任务;如果找其他志愿者,涉及的流程又太多,时间来不及,所以我们就想到了你。一来你本身是钻工,有钻探技术,又懂观察,自己摸索出来一套规律,还准确预测了坍塌,这个很不简单;二来因为你背景干净,不易引起外界注意……"

他一口气说了五点原因,我听到第二点就走神了,琢磨着什么叫"不易引起外界注意"。等他说完,我摸了一把光头,盯着穿制服的人,拍拍肚子,叫了声:"我饿了。"

其中一个穿制服的人站了起来。他蹙着眉,半晌不说话。所有人都正襟危坐,大气不敢出,好似暗处有一把正待出鞘的剑,直指他们的喉咙。最后,那人甩给我一个白眼,不声不响,拖着沉重的脚步走了。所有人这才像卸下了担子,身体都舒展了一下。

"我早说过这种方法不行,他又不是傻子!"这时,王侦仪叫道。她的声波化作一段段挑拨的频率,撩动着我胸膛里的琴弦。"凌二晨,老实给你说吧,'银色蜘蛛'内部的温度为零下一百摄氏度左右,比南极最低温度记录还低,如果你当了管理员,就意味着将穿上重达二十公斤的防护服,在全球最低温的地方独自工作若干年。"王侦仪身子前倾,一字一顿道,"如果这个方案效果好,也许只有一两年;如果效果不好,那可能就是——'无期徒刑'。"

"喂,王侦仪!你什么意思!"彭木杉跳到她面前,歪着脖子,"叫你来劝他,你却说反话!你这么没大局意识,当初就不该求情让你留下!"

"行,我现在就走。"王侦仪腾地站起,抓起我的手,"我和他一起走!"

"到了这个阶段,你以为这里的人那么容易能走?"彭木杉发出一声嗤笑,"别忘了你的科学精神!"

王侦仪的手在我手里颤抖,像与我的心产生了同频共振,令我感到有股热流从她指尖传出。我第一次如此近距离地看她,发现了她隐藏着的美。她侧脸的线条柔和,睫毛自然微卷,鼻尖上翘,因生气鼻翼轻轻翕动,更显温润立体;颧骨处有两块浅淡的雀斑,却丝毫不影响美观,反而把白净的脸点缀得刚刚好;她的衣领较低,锁骨轮廓分明,露出纤细优美的颈线。我不敢再往脖子以下看,略过那一段,直接看向自己的脚尖发愣。

"走!"她掷地有声,嗓音像断头台的铡刀落下,有力地将房间砍断,把我们和彭木杉隔在了两头。

我被一股轻灵的力量拉走。

六　模拟训练

越野车一路向北,穿过乡镇。沿途荒无人烟,风呼呼地刮着。我和王侦仪一言不发,任由各种念头填满车内空间。过了一会儿,车速慢了,我抬眼扫视前方,忽然意识到,王侦仪并非真想走,只是带我出来兜兜风而已。

她踩了个急刹车,车子在一块空地戛然停下。我的头因惯性撞在中控台上,她笑了笑:"下次记得系好安全带!"

我木然地跟着她下了车。

她朝前走了几步,深深地叹了口气:"凌二晨,我不想眼睁睁看着地球被螺旋坑吞没。其实,这几天他们也在做我的思想工作,因为我老想炸掉这个坑,但后来一想,用这个办法,肯定也会毁掉整个喀斯特地貌区,就没再坚持,默认了彭教授的方案……"

我打断她:"我不想让你为难。"

"什……什么意思？"

"我知道你在为难，在劝说我这件事上。"我低垂着眼皮，十指不自然地扣在一起，"我不喜欢让别人为难。"

"凌二晨，我没有……"

我背过身去，不再听她说，蹲下身捡了根断树枝，在地面厚厚的土壤上画个圈："我就想知道什么时候我可以去这个洞里。"

"你真的想去？"她也蹲下来。

"对，你说过他们还在里面。"

"我是说过……"她拿过树枝，在我的圈上加了几笔，画了个几何图形，"如果这不是地球，而是在太空，按照光波的解析结果，我觉得螺旋坑更像个虫洞。我们没见过真实存在的黑洞，也没见过虫洞，更不知道黑洞或虫洞在地球上的表现形态是怎样的，或许就是现在这螺旋坑的模样。知道霍金吗？他认为，虫洞是时空产生的裂隙，在每个角落都存在。所以，那次我才说，螺旋坑里的时空被扭曲了，机长和大武可能去了另一个空间。"

"找到他们的概率大吗？"

"我回答不了你。"她双臂环抱，若有所思的样子中有几分不安，"虫洞的说法只是我的一己之见，无法证明。"

"但我相信你。"我盯着眼前这个几何图形说。其实，我是相信希望。

她把吹散的头发固定在耳后："如果你要进去，也要等螺旋坑稳定后。它现在就是座活火山，我们要让它安静下来，才容易进入。"

"如果我是管理员,是不是可以优先进入?"

王侦仪两膝着地,侧过身来正对我,抓住我的双肩,与我平视片刻,重重吐出两个字:"是的!"

"如果我是管理员,可以第一个去洞里,还可以不让你为难,对吗?"我又问了一遍。

"是的!"她也再一次重重地回答。

看着她露出发自内心的笑,我觉得自己做了件好事。

接下来的两个月,我便在培训中心度过,整天被地质专家训导,再也没见过她和彭木杉。

那几个地质专家,在开会时见过我。他们在会议室目睹了我的反应后,不太愿意教我学习,被领导叫去了几次,才灰溜溜地回来,黑着脸给我上课。面对那写满黑板的数字和公式,我完全看不懂,每次听几分钟,就走神了。老师们发现我经常心神游离在课堂之外,只好放弃理论这部分教学,直接教我操作机器。但我要操作的机器太多,除了钻机,其他的不是记不住,就是记错记混,气得他们又去找领导,而后又灰溜溜地回来。

他们暂停了上课,围在一起商量,如何在最短时间内,教傻子操作一系列先进设备。经过一周的探讨,他们最终整理出一套简易的教学方案,那就是改造部分机器,把能自动化的搞成全自动,再增添一台智能机器人,将所有机械化的工作交给它,剩余小部分的机动工作留给我。

可以说,这套教学方案非常实用,解决了我学习上的所有问题。科研组一致认为,只有先学习理论,懂得机器运作原理,才能更好地操作。所幸我是"傻子",避免了这些折腾,很快就重获了"自由"。我不用再整天去上课后,就时常跟着科研组去螺旋坑,掰着手指头算日子。

施工现场,在其他人忙工作时,我自个爬到车顶,盘腿坐下,远望各种重型机械修筑"银色蜘蛛",被那样的阵势所震惊。当初,我在直升机上所见的八个桩基,逐日成为高耸的斜塔,后来又成了倒写的"√",角度一致指向螺旋坑。在八个吊钩固定好后,施工队就开始吊装部件。"银色蜘蛛"的主要部件是特制的三角面板,巨大的吊车把面板吊起,升至千米高空,安装在固定位置,上万块面板无缝拼接为一个弧度适宜的凸面,像一个倒扣的锅。吊钩支撑起"锅"的边沿,"锅"又置于螺旋坑的正上方,"银色蜘蛛"的主体构造如同潜伏在猎物洞口的蜘蛛。

修建"银色蜘蛛"的工地上,没日没夜尽是人,即使天气恶劣,也从未断过档,那种热火朝天的场面,有点像我儿时所处的钻探时代,没想到一晃几十年,这里还能重现当年的情景,让我觉得自己答应做管理员这件事是值得的。天气转凉后,施工比预计的提前进入收尾阶段,科研组临时建了个小型的"银色蜘蛛",让我在里面进行模拟操作,同时也为测试机器人,以确保万无一失。

机器人是专门为我赶制出来的,据说功能很强大,但来不及打造外表,所以看上去很丑。它的头像个橄榄球,竖立在四块梯形围成的躯体上，梯形板密封得不太好，能从缝隙中看到里面的线路。它的双手和身体不成比例，而且一大一小；还有三条腿，下面是奇大无比的脚。

彭木杉把我带到它面前时，我以为那是个玩笑，可他认真地说："凌二晨，这是你的搭档。最初答应为你制造一位美女机器人，但时间不允许，只能按照需求突出功能性。你就先适应一下吧。来，打个招呼。"

我平视橄榄球上的独眼，无法适应，直往彭木杉身后躲。他把我从身后拉出来，推向前，使劲托起我的手臂，让我生硬地打了招呼。

独眼里的瞳孔放大，一只胳膊抬起至水平位置，再将手伸至我跟前，摊开。彭木杉强行将我的手放上去，与之紧紧相握。"别紧张，它非常安全，绝对遵循阿西莫夫机器人三定律。"彭木杉笑道，"它的胳膊可自由伸缩，双手大小不一，这是为能同时操作大型和微型设备而设计；小的手可从胳膊脱落，自由飞行，最高能达二十米，方便维护一些巨型设备的顶部。它有三条腿，是为防止地面坍塌或震动时站立不稳，且能够在坡面上工作。三条腿也可以伸缩，最高可达十米。它的手和脚是最灵敏的部位，比如握手，它的每个指关节都能调适到你最舒服的位置，并能感应到你身体相关部位是否健康。它的功能太多了，我若是一一讲解，你一时也记不住，不如今后与它相处时再慢慢感受吧。对了，你最好能给它取个名字，叫它什么好呢？"

我在独眼里看到变形的自己，有些窘迫，从机械手里抽回手,喃喃道："毛根。"

"它的名字,毛根？"

我点点头,继而埋下头,不敢直视搭档。

"好吧,毛根。"彭木杉握着它的手,"记住你的名字了吗？"

"记住了。"橄榄球里发出柔美的女声,惊得我又躲到彭木杉身后。我以为它不会说话。

"也请记住你的主人,凌二晨。"他再次把我推到它面前。

"记住了。"它向我倾斜三十度,算是弯腰鞠躬,"主人,您好！"

"现在请你带着主人进入模拟舱。"彭木杉一说完,它就转到我侧面,挽起我的胳膊,用一种让我不得不跟它走的力量,带我进去。

我越来越清晰了工作:一是每天检测设备,维修故障;二是打钻取样,进行数据传输;三是监测馈源舱汇集的信息,待能量盒满格后取下送出;四是在发生意外的情况下,手动启用各种备用机器,保持与外界联系。除此之外,我还需熟悉毛根的性能,提高与它的契合度,而最主要的是,我得先适应它的外貌。

没想到有一天,我要去适应一个比自己更丑的"人"。

七　黑盒子

"银色蜘蛛"提前两个月竣工。我与毛根正式进入了它。

我自顾自朝前走。它跟在我身后,喋喋不休:"现在温度是零下九十摄氏度,氦气制冷机会继续降低温度,请您做好相应准备……"每到一处,它就向我介绍面前的设备,听得我厌烦。因为在模拟舱,它已经介绍过了,这里的设备不过比模拟器大几倍而已。

站在巨型"蜘蛛"腹下,我抬头看"锅"底,只见面板反射着灿灿的黄光,如正午高悬的太阳,令人眩晕。在"锅"中央的下方吊挂着一个黑盒子,那是馈源舱,它像太阳黑子般印在黄光里。从地面到"锅"的区间,便是我被密闭的空间,而"蜘蛛"的八条腿裸露在外,其下方是过渡区。整个"银色蜘蛛",除了"锅"和"八条腿",均是由特殊材料的玻璃构筑而成,所以我能在里面看见过渡区的情况,继而看得更远。

我用了两个小时,围着螺旋坑转了四分之一圈。夜幕降临了,毛根催我吃饭,我悻悻地返回管理人员住房。其内氧气充足,物品应有尽有。

毛根帮我脱下防护服,再把它放到养护区充电。食品通道送来了饭菜,毛根端给我,在我吃完后又送出去,然后为我播放电视节目。娱乐节目播到一半,彭木杉的影像突然跳出来,吓得我洒了一地茶水。他问了我一大堆问题,看似异常兴奋。我不知先回答哪句,毛根就替我回答了他。此后,毛根成了我的代言人,我正好省去了说话的麻烦。

我干回了钻工的老本行,日出而作,日落而息。

科研组为我量身定制了一台自动钻机,毛根负责前期安装和后期拆卸工作,而我负责操控。毛根力大无穷,又绝顶聪明,只用了一个小时，就把钻机安装到位。穿着防护服的我，像北极熊般笨重地爬进操控室，隔着玻璃窗对毛根挥挥手，以示一切就绪。毛根退到安全区域。我便在"银色蜘蛛"上开始了第一次打钻。

采用人体工程学设计的操控室，比我进行模拟操作时更令人酣畅淋漓。我不用像以前那样下很大力气，只需控制触摸屏，按动按钮，推拉手把，拧动旋钮，就可以完成远超从前的工作量。其他什么拧卸钻杆、吊装钻具，以及开动泥浆泵、绞车等，都可通过远程监控进行操作，我一人足以搞定以前几个人才能完成的事情。由于在零下一百摄氏度的极端温度下作业，所有设备被涂上了一层保护膜，像我一样穿上了防护服，避免了材料在极端环境里变形。随着钻杆深入地下，电控系统逐步显示孔深、钻压、钻头位置、钩载、扭矩、张力等数据，我把这些数据实时传给彭木杉，为他们提供重要参数。

我迷上了这样的打钻方式，甚至忘了其他任务，除非毛根反复提醒，我才会从操控室出来，结束一天的打钻，去维护其他的设备。"银色蜘蛛"里的设备分散在螺旋坑各个区域，我每天只能检测两三样，隔天又去检测两三样。我不知道它们如此分布的原理，总觉得这样的安置太不人性化，免不了发几句牢骚。那时，我便单线联系王侦仪。每次我都不说话，只听她说，她说完了，我就去睡觉，做一个特别满足的梦。

没住进"银色蜘蛛"之前，我听彭木杉的安排，未想太多，可住进来以后，天天仰望大"锅"，我的疑问越来越多。比如，螺旋坑真的会威胁到地球？这件事为何要保密？"银色蜘蛛"这个庞然大物如何避开公众的眼睛？……他们一定是对我隐瞒了很多，但因我是傻子，他们觉得不必多说，反正我不会问，问了也不懂。

平静的日子在昼夜交替中匆匆而过，直到某天，彭木杉提醒我，新一轮坍塌要来了。

在王侦仪预测失误后，他们对螺旋坑的塌陷规律重新进行测算，预测已非常精准。修建"银色蜘蛛"期间的几次塌陷，都成功避免了人员伤亡。他们说，等"银色蜘蛛"启动后，将在五次塌陷内控制住"黑洞"，换言之，就是我在"银色蜘蛛"里最多经历五次坍塌。当然，每个人都希望只有一次。

大概因尝试过坍塌的滋味，又是在准备充分的情况下，我对即将到来的"地震"并不当回事。当轰隆声从脚下传来，我不动声色地吃午饭，毛根站在桌子对面，对管理房外的情况进行实时播报。

餐盘随桌子的颤抖而颤抖，汤从碗里溢出来，油炸麻丸滚落桌下，这些都没影响我的食欲，却让我脑子闪过一个问题：如果黑洞控制不了，螺旋坑仍不断塌陷扩大，我该如何从这该死的"银色蜘蛛"出去？——他们教了我那么多技能，唯独没教我逃生！

回想王侦仪说的"无期徒刑"，我以为那是夸大的说法，现在却觉得她说得保守了，或是故意避开不说——什么"无期徒刑"，明明是"死刑"！

我打着冷战，身子随桌子颤抖而颤抖，筷子从手里脱落，对周遭的情况毫无知觉。等到反应过来，我看见毛根用它的小手按着我胸口，正为我测量心跳。我推开它，想说自己没事，可话到嘴边却咬了下舌头，翻了个白眼，从凳子上倒下去。

迷蒙中，我听到彭木杉怒吼的声音："他怎么回事？怎么回事！不是说他身体各项指标比谁都好吗，怎么说倒就倒！"

毛根语气平和地汇报："彭教授，主人是受了惊吓，暂时对周围事物、声、光、语言等刺激没有反应，但对疼痛还有防御功能，也能引出生理反射，生命体征正常，只属于轻度昏迷……"

"你最好快点把他弄醒！谁都可以倒下，他不可以！"

"好的，我会尽快唤醒他。"毛根依然语气平和，"我会全权负责主人的生老病死。"

"只能生，不能病，更不能死！"彭木杉叫喊得破了音，"他死了，整个项目功亏一篑啊！"

"明白。"毛根移到我跟前，拿了个针筒，准备用它的方法唤醒我。

我撑开眼皮，喘息道："不用了，让我清静清静。"

毛根退离。彭木杉的全息影像也消失了。

我闭眼想了一会儿"死刑"的事，无果，在床上躺了三天。

螺旋坑坍塌后的烟尘塞满密闭的空间，等待它们消散需要三天。

毛根确认我可以出去后，我便重新开始工作。我掂量了一下，只有继续工作，朝着最初的希望尽快完成任务，才有可能避免"死刑"。

经历了坍塌后的设备硬挺挺地伫立着,有部分损坏,修理工作由毛根完成。而我这时要做的,是去馈源舱取黑盒子。

在培训时我得知,螺旋坑每垮塌一次,其中的能量就会集中释放一次,那些能量会被馈源舱吸收,又按一定比例被捕捉到黑盒子里。果然,这次坍塌后,监测馈源舱的仪器亮了,提醒我该上去"收割"。

上去的电梯轨迹呈"7"字形,最高点离地面有千米,为减轻重量,它被设计成只能容下我一人的空间。搭上电梯,随着高度不断升高,头顶"锅"里的亮光直逼眼睛,我像要被卷入太阳风暴,紧张得直不起身,紧握护栏蹲着。电梯保持匀速上升,突然哐当一声,稍有停顿,变成了平移。这时,我和馈源舱处于同一高度,再望去,它已不是一个太阳黑子,倒像一个倒垂在枝头的马蜂窝。待电梯与馈源舱无缝对接,我进入舱门后,才意识到这真就是个马蜂窝。

馈源舱天花板是透明的,里面被照得很亮堂。它内部有一条长廊,两侧是由六角形筒状空间构成的墙,每个筒状空间里都嵌入了一个长条形的东西。我从长廊走过,看着密密麻麻发光的筒状图形构成的墙,感觉自己像一只马蜂,正在这个蜂巢栖息、繁殖、生活。

我顺着监测仪所指示的方向,抽取出三个已集满能量的黑盒子,再把它们逐个扛到电梯上。长条形的盒子没什么特别,却异常沉重,好在我当钻工时经常扛钻杆,还能承受它的重量。我将它们安全送到电梯,但到了地面,还是喊来毛根让它出苦力。毛根把三个黑盒子扛到了管理房,经由食品通道送了出去。

有一次与王侦仪视频通话,我忍不住问她:"黑盒子里有什么?怎么那么重?"

"什么都没有。它只是个储存器。"她笑道,话锋一转,"也可以说,什么都有。"

"有什么?"

"能量。"

"什么能量?"

"不知道。我们要的不是能量,而是形成这种能量的东西。"

"什么东西?"

"某种粒子。"她顿了顿,"引力子。"

我对她摇头,表示不懂。

她再笑道:"现代物理建立的标准模型,预言了六十二种基本粒子,目前已发现六十一种,除了引力子。顾名思义,引力子是一种可以传递引力的粒子,只要找到它,就可以借此研发引力通讯、引力望远镜等,改变人们的生活,加快探索宇宙的脚步。总之,它会给物理学和天文学带来翻天覆地的变化。"

"哦。"我迟钝地应道。

"你可能理解不了引力子对我们有多重要。记得我第一次和你们见面时说的话吗?我说,几年前,我们用射电望远镜发现了一种宇宙射线,后来又发现螺旋坑里的光波,它们的频谱内容相同,排列又恰好相反。"

"记得。"

"我们发现的宇宙射线,来自黑洞合并产生的引力波,当初我找到螺旋坑,是想从它的光波找到与引力波相关的东西,但我没想过引力子。是彭木杉,他的思路把我引向了引力子,于是我俩的目标不谋而合。老实说,我不喜欢他,因为他总喜欢跟踪我,抢我的事,所以他的出现并不让我吃惊,我吃惊的是他的科学理念在螺旋坑事件中精准地呈现了出来。他的理念是,人类在宏观与微观上的探索是辩证统一的,结果必定殊途同归,甚至合二为一。"

"这么说比较抽象,我打个比方。"她不等我反应,继续道,"比如他是研究粒子物理的,那是尺度上最微小但能量最高的世界,而我是研究天文的,那又是一个最宏大的世界。在宏大的世界里,宇宙大爆炸说明宇宙处于超高能状态,因此从某种意义上说,粒子物理学是宇宙的考古学。长久以来,我们需要通过宇宙,才能把这两门南辕北辙的学科联系起来,但现在,就在地球上,在这个天然形成的螺旋坑里,便可以让它们归集起来,同时还可以把地球物理学扯进来,可能还涉及凝聚态物理学、核物理学,等等。所以,彭木杉说,螺旋坑是上天赐给我们的礼物,我们得利用好它!"

王侦仪越说越激动,那沉醉的神情,与彭木杉劝说我时的神情相差无几。我在她滔滔不绝的讲述中感到困意,最后竟看着她一张一合的嘴,睡着了。

八　双刃剑

在"银色蜘蛛"中的日子，与在钻塔里的日子一模一样，无论在哪里，我身边都渺无人烟，一片荒芜。唯一的变化是，陪伴我的人成了机器人。回想在指挥中心的一年，已遥不可及，甚至有点虚幻，好似那是我臆想出来的一段回忆，而在荒山野岭打钻，孤寂一人，这才是属于我的正确生活方式。

渐渐地，我已记不清年月日，只记得螺旋坑坍塌的次数，以及它即将坍塌的日期。而今，它已坍塌了三次，预测的第四次将在二十三天后到来，我每天掰着手指倒计时。彭木杉不止一次地安慰我说，根据我反馈的地质数据，可以证明坍塌的范围在缩小、程度在变轻，"银色蜘蛛"发挥了很好的抑制作用。可一旦我问及是否能保证不再发生坍塌，他就闪烁其词，找话题岔开，从不正面回答我。我只好又每天掰着手指倒计时。

一天夜里，我睡得正沉，一串震动惊醒了我。那是通讯器在震动，提示我有来电。我疑心还在梦里，因为从来没人会在夜里找我。

打开通讯器，王侦仪的影像弹了出来。她那边的灯光很暗，只能看清她半个侧脸。

"毛根睡了吧？"她喘着粗气，压低声音问，像是才从外面跑步回来。

我点了点头。毛根睡觉就是在充电。

"那就好。"她呼了口气,"凌二晨,你现在听我说,有些事到了你做决定的时候,我不能再瞒你。我会尽量说得让你容易理解一些。"

我被她阴沉的语调吓着了。

"我们从一开始就欺骗了你,螺旋坑并不会坍缩成像天体黑洞那样的奇点,更不会毁了地球。我们早在实体模型中推算出了它最终的坍塌方式,那便是当它坍塌到一定的临界点后,促使它坍塌的能量不再指向地心,而是向两侧扩散。打个比方,假如地球是一个苹果,其上面的一个虫洞往往不会笔直地从这头到另一头,而是在苹果内部蛀成弯曲的隧道。至于这'虫子'从哪里来,是谁把它放在地球上的,我们还不知道,唯一知道的是,这只'虫子'将在钻洞的同时耗尽能量,因为它的生命也是有限的。所以,我们根本不用担心它继续扩大的问题。"她把桌前的电脑屏幕转向我,播放了一个视频,"你看,最近出现了几个新的天坑,其中一个在新疆的塔里木盆地,塔克拉玛干沙漠。通过地质探测,这个天坑的形成与螺旋坑的坍塌有关,也就是说,在地球内部,它与螺旋坑之间已有一条被打通的隧洞。"

"它也和螺旋坑一样?"我拉近镜头,看见无限延伸的沙漠中心不合时宜地出现一个大坑,因上面覆盖了厚厚的黄沙,分辨不出是否有纹路。

"不,它是个普通天坑,没有能量,没有光波,不会活动。由螺旋坑衍生出来的天坑,都是'死'的,谢天谢地。"王侦仪视线转回电脑屏幕,将它合上,"因此,按照螺旋坑迟早会自我了结的推断,我们根本用不着耗资十几亿建造'银色蜘蛛',这个代价实在太大!"

"那为什么……"

"因为武器。"

我以为自己听错了,连问了几个"什么",惊得困意全无。

"没错,因为武器,这个我也是才知道。"说到这里,她朝身后的大门看了一眼,十指交叉扣在下颌上,神色不安,"我还是从引力子说起吧。科研组从你输送出来的黑盒子里提取能量,从能量的释放中反推引力子,可以说,引力子已从假设进入了求证阶段,这真是物理史上的重大突破,建造'银色蜘蛛'的目的也正在此。当时提出这个项目时,立刻引起了高层关注,资金是从另一个项目中分拨出来的且很快到位,那个项目是建立我国的大型强子对撞机。它因为涉及资金巨大,还存在争议,一直未批复,而这时螺旋坑出现了。在你第一次帮我们把机器人送入黑洞后,彭木杉就意识到,可以把这个坑改造成一个天然的强子对撞机!他和我一合计,我觉得完全可行,就往上面报告了,然后如你所见,一大批人马进驻,上面特殊部门管制了这里,开始建造'银色蜘蛛'。从发展趋势来看,粒子物理学的进展肯定会在宇宙演化研究中起到推进作用,所以我一心扑在科研上,希望通过寻找引力子,在天文方面大有作为。但就在一个小时前,我偷听到彭木杉给领导打电话,才知他另有计划。"她微微低下头,再一次降低声音分贝,"他打算拿引力子制造黑洞武器!"

"怎么……制造？"我感觉她的话玄之又玄。

她沉吟一声，想了半天，答道："我先从'人造黑洞'给你普及吧。现在世界上最大、能量最高的粒子加速器是欧洲大型强子对撞机，在它建成以后，曾有一段时间，有人认为在对撞过程中，会形成黑洞，对人类造成威胁，这个谣言引起了人们的恐慌，后来科学家出来辟谣，说粒子碰撞确实可能产生黑洞，但这个黑洞非常小，出现的时间也非常短暂，会瞬间'蒸发'，它是无害的。事实上，整个宇宙原本就是一个粒子对撞机，具有高能量的宇宙射线和粒子会经常进入地球的大气表层，在地球上制造很多小黑洞，这些黑洞所释放的物质，远远多于其吸收的物质，因此，它们在吸收物质之前，就'蒸发'了。另外，宇宙中的黑洞还在向外释放不同频率、不同波段的辐射，其中一部分辐射到了地球，我们每个人都在与黑洞发射出的辐射触碰，可其辐射量不到人类皮肤可接纳的十万亿分之一，所以目前，自然界中的黑洞及其辐射，对人体都没有损伤，'人造黑洞'就更没有损害。"

她缓了口气。"当然，除了大型强子对撞机可能意外产生的'人造黑洞'外，我国也曾制造出小型'黑洞'，它是一个吸力强大的吸尘器，任何经过的电磁波，都会被它源源不断地吸入囊中，但它只是根据光波在被吸进宇宙黑洞时的性质模拟出来的仪器，可以令光波接近时产生相似的扭曲并被吸引，其他的还吸不了，所以我们说它是一个'超强吸波装置'。基于现阶段我们所掌握的技术，根本制造不出真正意义上的'黑洞'，因为我们没有材料。"她好像听见了什么异常，停下来，又朝身后的门望了一眼，接着说道，"这种材料叫反物质，而它的原料就是引力子。所以，找到了引力子，就能制造反物质材料，然后制造出真正的黑洞。"

"可是上一次，你说引力子可以改变人们的生活……"我不明白事情怎么反转得那么快。

"事物的两面性就是这样，科技带给我们便利的同时，也伴随着伤害和毁灭。不过话说回来，综观古今，武器高度体现了人类智慧的结晶，我们生活中的许多民用设备都是在军用基础上演化而来。我上次说的引力通讯、引力望远镜，如果真研发出来，那也是先军用再民用，这也就不难理解彭木杉为什么要造'黑洞武器'能得到领导支持了。但是，他对领导撒了谎，让领导低估了'黑洞武器'的能耐。现在，黑盒子收集到了特殊能量，实验很快会启动。要制止这一切，只能靠你！"

"为什么……是我？"

"因为你在'银色蜘蛛'里，只要你拒绝提供黑盒子，彭木杉就得不到足够的能量。"

"哦……"

"但这样的话，他们也不会提供食物给你，你会被活活饿死。"她把头埋得更低，"你们会陷入僵局。"

"哦。"

"也许还有其他办法，但我还没想到。"她用手捂住脸，再慢慢抬起头，"凌二晨，你知道'黑洞武器'的力量有多大吗？刚才我说的那个小型'人造黑洞'，还仅是吸收微波频段的电磁波，不吸收能量，但如果用于军事，它将使所有先进武器都失去存在价值，因为有了它，我方可以看得到敌人，敌人却无法察觉我们。这已经足够厉害了，何况他们要研制真正的'黑洞武器'，那破坏力可远超原子弹的四五十倍，对于全人类来说，那就是一颗定时炸弹，它可以瞬间摧毁地球！"

"彭教授他……为什么这么做？"

她挤出一丝苦笑："这个很难解释，可能只有我们这种人才能理解。我和他是一类人，我们会为了追求真理或寻找一个答案铤而走险，但我不会拿生命开玩笑……"

她身后的门突然被撞开，彭木杉第一个冲进来："别听她胡说！"她想关闭通讯器，但已来不及。

穿着制服的男人，把她从椅子上抓起来，往后拖，不准她再靠近任何东西。我急得差点掀翻通讯器。

彭木杉的脸占据了荧屏："不管她对你说了什么，都别信！"他试图稳住我的情绪。

"放开她！"我嘶吼着，令在场的人都愣了愣。我自己也愣了。

"你为什么要相信她？难道你不知道，她一直都在利用你？"彭木杉将通讯器的画面调正，坐在王侦仪刚才的位置上，似笑非笑道，"从第一次骗你去坑洞放送机器人开始，她就一直在说谎。你以为真的可以去坑底找你的同伴？这个谎言太明显了……"

"你没去过，怎么知道是谎言？"我驳斥他。

"你是真傻还是装傻？凌二傻？"彭木杉笑中的凉意像一支支利箭，透过屏幕射过来。"还有，你当管理员的事，是我俩合计的。我们事先商量好，我唱'黑脸'，她唱'红脸'，总之要劝说你自愿做管理员……"

不等他说完，我断掉了通讯器。我在床边坐了整整一夜，等缓过气来，天色已亮。毛根提醒我又到了"收割"黑盒子的时间。我不知所谓地站起来，让它给我穿好防护服，麻木地爬上电梯，到了馈源舱，扛回黑盒子。

这次，我没把黑盒子放进食品通道。毛根催促我，我喝令它住口。

"毛根，你出去，让我静一静。"

"今天的任务没有完成，我不能……"

"出去！"

它站立不动。我俩对峙着，我推它，它还是不动。那一刻，即使是傻子也知道，它不仅仅是来协助我的，更是来监控我，胁迫我的。

"如果你不出去，我就出去！"我只好走到门口，恐吓它。外面是零下一百多摄氏度，我不穿防护服出去，必死无疑。

"那我出去。"它终于妥协了。

我拨通彭木杉的通讯器，第一次主动找他。我的第一句话是："我要出去！"

"去哪？"

"离开'银色蜘蛛'。"

"进去了就没办法出来。"他瞥了一眼我旁边的黑盒子，"当初提醒过你，进去了就再也出不来，是你自愿选择进去。"

"我现在后悔了。肯定有办法出去。"

"如果有办法出来，怎么可能牺牲你？我们现在非常需要你，如果你想活得更久，就老老实实配合指令！"

我琢磨了半天，终于反应过来，知道了什么叫"不易引起外界注意"。我无法与他抗衡，我的生死更与外界无关。除了认命，只能认命。

大概见我沉默，模样可怜，彭木杉于是语气缓和地说道："凌二晨，对不起。你进入'银色蜘蛛'是唯一解决目前状况的办法，我们也不想牺牲任何人。不得不说，你的贡献是极大的，你是真正为国家科研奉献生命的人。你的名字将永远留在祖国大地上。"

这话让我想起了爷爷和爸爸，他们就是为钻探而奉献终生的人，他们的名字就被留在了后人的心里。我猛然被打动了，听话地将黑盒子放入了输送通道。

我的内心不再挣扎。我欣然接受了这种我是在奉献的赞誉——比希望更实在的赞誉。

我真傻。

九　另一个世界

在毛根的"监督"下，我继续干活，机器还是那些机器，操作还是那样操作，但总觉得有什么地方变了。每当我抬起头，透过防护面罩，望向铮亮的穹顶时，感觉头上悬着的不再是太阳，而是炸弹。为了削弱我的不适感，我拼命干活，夜以继日，每天只允许自己睡两三个小时。我怕做梦，怕回忆，怕想起王侦仪和彭木杉的那些话，还怕自己骗自己。

在螺旋坑第四次坍塌前的一个夜晚，我正打捞一截脱落的钻杆，准备天亮后将钻机撤离，突然一段奇怪的音频传入我耳中，那是通过防护服的通讯器接收到的。

"凌……二……二晨……"音频断断续续，从沙沙的杂音中，我听到有人唤我。

"我是……王……侦仪……我……"扰乱音频的杂音逐渐转小，传出的声音慢慢稳定，"我是……王侦仪，我被……软禁起来了，别问我在哪里，也别问……我怎么联系上你的，你听着就好。"

我停下手里的活，呆呆看着前方，像在听遥远星球传来的讯号。

"我想到了阻止他们的办法，那就是炸掉螺旋坑！你只需要把黑盒子扔进去，以能量对冲能量就行。在爆炸前，你必须躲进馈源舱，那是一个抗压力很强的封闭舱体，爆炸的冲击波会将它推出'银色蜘蛛'，你也就能出去……"声音戛然断掉。

我等了几秒，耳机里又响起嘈杂的电流声，但没人说话，我只能等着，想象王侦仪此时可能正在遭受的事情，呼吸变得急促，感到耳机里的静默比她虚弱的声音更可怕。

"他们……快追到我了……"一段语音又突然响起，夹带着沉重的喘息声，"凌二晨，寻找宇宙规律是我毕生的追求……它应该是用于服务人类，而不是被转化为武器……我骗你说可以去坑里找机长和大武，是我不对，我一心只想着科研任务，希望你能理解……二晨，未来的一切，都取决于你……"话未完，声音再次断掉。声音断掉前有一段余音，裹挟着空洞的回音，像是她掉入了井洞，还未呼救，就被逼仄的暗黑埋没了。

我随之也跌入一个冰窟窿似的，任由冰碴刺击我的瞳孔和耳膜，冰水灌满我的肺，压迫我的心脏，火辣辣的痛感向大脑皮层一遍遍发送求救信号。世界变得出奇的安静，我看见一束光从窟窿透进来，时间的流逝在一点点拉长，而我的知觉正被螺旋坑疯狂吞噬，像最后的光亮在慢慢消失。

钻机的提示音响起，尖锐的声音把我从溺水般的难受中拉回，我想起机长和大武不见时，我也有过这种感觉，但这次的感觉更强烈，也更持久，几乎让我窒息。我关掉提示音，放弃打捞钻杆，在操控室里静坐到了天明。

这一期的钻探任务草率结束了。下一期要等第四次坍塌以后，才会再选址打钻，一切又重新开始。但这次，我不必等那么久。我计划等毛根下一次"睡觉"时开始行动。

毛根用电量大，隔两天就会充电。为了提前消耗它的电量，我带着它不停地检修机器，有时还偷偷弄坏线路，让它重新修理，反反复复地折腾它。终于在一个凌晨，它的电量显示不足，提醒它又该"睡觉"了。

"你回去吧，这里有我在，我不困。"我学会了骗人，第一次骗的还是个机器人。

"你该休息了。"毛根的声音干瘪得像枯叶,"你身体的各项指标都超出了正常范围。"

"我不困。"我钻进一个机器的底座,在里面敲得乒乒乓乓响,无视它的存在。

它没理由强制拉我出来,也没时间和我磨蹭,独自回房了。

它一走,我就从底座钻出,以最快的速度奔向电梯。我要在他们没发现之前到达馈源舱,取出黑盒子。

我以为事情很简单,可仍低估了对手。监控器很快发现了我的异常,立即惊动了彭木杉。当时毛根还在"睡梦"中,他们把毛根体内余留的电量全部汇集到它的"小手",让"小手"充满了动力。在电梯刚启动不久,毛根的"小手"就脱离而出,飞扑过来,牢牢抓住了电梯的门把。

我紧扣里面的把手,不让"小手"拉开门趁虚而入。但它的力气极大,而我穿着笨拙的防护服,行动不便,它就更容易对付我。我想了想,干脆让它进来了。

我用身体挡着控制键,不让它靠近。它试着左右夹击,可绕不过我宽大的身子,始终拿我没办法。我们就僵持在原地。电梯到顶后,折成平行路线,开始匀速向馈源舱移动。

一个声音在我耳边炸开:"凌二晨,你究竟要干什么! 你不要被王侦仪的话蛊惑了! "

在彭木杉和王侦仪之间,我辨别不了真伪,只能跟着"心"走。这些年,我都是跟着"心"走的,所以才会为了寻找家人流浪十年,跟着大武干钻探,当了十年钻工,然后又一心想着去螺旋坑找回他们而到了这里。

离馈源舱越来越近了，我从按钮处往电梯门挪移。"小手"跟着我挪移，始终与我保持一定距离。我又假装挪移了几次，在这个过程中观察着"小手"的反应速度，心里默念着数字，发现它最多五秒就能跟上我的节拍。

电梯轻微晃动了一下，我知道背靠着的门与馈源舱的门衔接上了，我必须打开门进入馈源舱，同时将"小手"困在电梯里。可这太难做到，因为两扇门自动敞开需要两秒，我迈出去反手关门需要两秒，门再完全关闭还需要两秒，时间显然不够。但我管不了那么多。

我按下开门键，立马扑向"小手"，用胸口将它压向角落，与此同时，利用手掌在电梯壁上的反作用力，我将身体反弹出电梯，飞速按下关门键。在门关闭的最后一秒，"小手"直扑过来，正好摔在门板上。

我成功了。彭木杉在耳机里大叫："凌二晨，王侦仪真的在骗你！我们并没有造什么武器，是她一心想用自己的方案炸掉螺旋坑！"

我没理他，截断馈源舱的电源，让它处于瘫痪状态，随后选了几个集满能量的黑盒子，抽取出来。

"凌二傻！你知道你那样做会毁掉什么吗？你会毁了'银色蜘蛛'，毁了科研基地，毁了我们，包括你自己和王侦仪！你永远都见不到王侦仪了！"

我真没想过再见她，我悲伤地想。我已经习惯了身边的人消失不见,习惯了在希望中寻找和等待。

我拔掉头盔上的连接线,让彭木杉的声音彻底消失。

馈源舱摇晃起来,幅度不断增大。我听见熟悉的轰隆声,向下看,螺旋坑四周的地面往里掉落,岩土如流体一般,逆时针旋转着,扩散着,将一切都吸入幽暗深邃的涡心。涡流腾起的烟尘仿佛水雾,形成如海面上的巨大旋涡,我想起,第四次坍塌的时间到了。

随着摇晃愈发剧烈,舱门还未关闭,我大半个身子被甩在了门外。晃动中,电梯向远处平移,不知何因,它的运动导致上方的绳索变形,继而影响到馈源舱的索。烟雾弥漫里,一根索断掉了,震动加剧,另一根索也断掉了,连锁反应使得悬空的馈源舱逐步倾斜,如触礁下沉的泰坦尼克号,而向下的一头正是舱门。

当馈源舱几乎要垂直于地面时,黑盒子像面条下锅一样,通通被倒入了涡心。此时,吊在舱门下方的我,想起了王侦仪的话,等待结局。

爆炸如期而至。爆炸声如惊雷在耳边炸响,震得我耳膜破碎般难受。随后,一股冲击波将馈源舱掀起,使之在空中翻转,我也翻转起来。那一刻,我知道自己连最后一根救命稻草也抓不住了。

我在橙黄的烟雾和火光中掉落,迎向那恶魔的大口。我成了第一个进入"地球黑洞"的人,没错,这是给管理员的优待。我把头扎进深渊,试着平复呼吸,可是做不到:越想控制呼吸,呼吸越乱。我只好闭上眼睛，等着落地之时，身体像红花一般绽放。

　　等了很久，平稳的下降居然令我有了睡意。我睁开眼，发现自己一直在降落中，身体已适应速度，呼吸均匀了，心里也变得踏实。我看见头顶是深不可测的碧蓝色，又像掉入了冰窟窿，与曾经失去亲朋好友的感受一模一样。我想，如果这次真在水里，或许可以翻个身，游上去。

　　我就这么做了，结果还真能翻身。我游了起来。一开始，我身边没有参照物，不知自己游得多快，等有了参照物后，我发现自己游得非常快，主因是身后有物质在不断爆炸，冲击力推着我飞速向前。我在斑斓的波光中看见了一些东西。

　　我看见自己和王侦仪站在一片空地上，她的头发被风吹得凌乱，目光躲闪，微笑的嘴角刻意地上翘着；然后看见毛根，为我送来最后一顿晚餐，在黄昏里留下模糊的背影；最后看见机长和大武，在柴油机的轰鸣声中，扯着嗓子胡吹乱侃地说笑……

　　见到他们，我本能地伸出手。画面瞬间变成碎片，漂离、碰撞、叠加、变幻，波光再折射回来，绚烂的颜色被抹成清一色的灰白。这次，我看见了童年的自己，我回到了家人失踪的那个夜晚。

　　我记忆中的谜团散开，真相一丝丝冒出来。原来，自始至终，失踪的不是我的家人，而是我！我终于知道了，那天早上起床，为什么不仅是我家人不见了，整个镇子的人都不见了！

　　我一直不愿相信这个事实。恐惧压在心头，我惊慌失措地跑出去，一路未见一人，世界荒凉至极。我恢复理智后，决心寻找家人，把恐惧锁在了记忆深处。历经磨难，我流浪十年，就在快病死时，遇见了大武，他把我带到地质队。从那以后，我身边陆续出现了很多人，我的世界好像被什么修正调试过了，我终于回到了人群中。

多么不容易啊！数年来，我从未对任何人提起全镇人消失的事，只说家人失踪，说爷爷和爸爸的光荣历史，说自己出生在钻工之家……我怕说太多，会被别人当作傻子。

但现在，这些记忆像从潘多拉盒子里涌出来，让我几十年前的恐惧重新渗满每个毛孔。原来，真相才是那个恶魔！

在灰白的画面中，我看见妈妈声嘶力竭地呼喊我，我拼命游向她。我们的距离在缩短，时间在拉长。我的身体下沉，一直沉到我可以直立，站在妈妈身后，对她触手可及。我呼叫她，可隔着面罩，她听不见我的声音；我想取下头盔，但不行，头盔和防护服都无法自行脱下。我去拥抱她，手臂从她身子穿过，仿佛她只是个真实的幻影。妈妈每一根毛发都清晰可见，她哭喊喷出的气息，她身上散发的味道，我都能嗅到。然而，我只能站在一旁，看着她，什么都做不了。

我想起了王侦仪说的"虫洞"和另一个时空。看来，在这事上，她没骗我。我在螺旋坑里找到了机长和大武，甚至我的家人。虽然只能远远望着，也足够了。

当即，我做了个决定：我要永远留在这里！

留在这个倒流的时空，留在儿时的家和喀斯特天坑。

再见，王侦仪。

十　永生的标本

冬季刚过,方琳就为爷爷兑现了这场远行。老人不知什么时候醒了,方琳把他身上的毛毯理了理,为他盖好。

老人深叹口气:"我时日不多……"

"爷爷!"方琳打断他,气鼓鼓地说道,"不准瞎说!"

"说与不说,我身体都这样。"老人伸出长满老年斑的手,握住她的手,"这么多年了,我就想见他最后一面。"

"别说了。"方琳撇过脸,望见远处的一座山,像一面屏风般冒出来。一侧的山腰后,是若隐若现的建筑群。

"我们快到了。"她喃喃地念叨了一句。

汽车环着山绕了半圈,在扁平状的陈列馆前停下。停车场塞满了旅行团的车,上面几层私家车也停得拥挤,方琳诧异这里竟吸引了这么多游客。她和家人把爷爷抬下车,放到轮椅上。她推着爷爷排队进电梯,按了最下面的一层——负二百层。其他人向她投来惊讶的一瞥,因为一般游客只能在地面到负一百七十层之间游览。

电梯缓慢向地层深处下行,走走停停。方琳和爷爷退到角落,让游客们先下电梯,直到只剩他俩。最后一个游客出去时,是负五十一层。

"爷爷,如果你感到不舒服……"方琳俯身,检查他的身体监测器。

"不用担心。"老人摆了摆手,"这里很舒服。"

方琳放了心,以微笑回应,抬头继续看正上方荧屏的广告。那是陈列馆的广告,循环播放着。

喀斯特陈列馆对外开放了三年,在此之前,没几个人知道它的存在。若不是爷爷执意要来,方琳从未打算到这里一游。出行前,她简略查了资料,得知陈列馆是附着天坑而建,陈列的是当时一个叫"银色蜘蛛"大型装置的零部件,由此传达的是一些科学知识和励志故事。那些故事讲述的是一段天坑的历史:一位叫"凌二晨"的地质队员,舍身拯救地球的伟大事迹。

方琳看见广告画面中闪过一个人,正想问爷爷那人是不是凌二晨,电梯忽然停了,从外面走进一位男子,脖子上挂个工作牌,赫然写着"丁仪"二字。

男子瞄了方琳一眼,推了推眼镜,弯腰问轮椅上的老人:"请问是方世国老先生?"

"是的,你是哪位?"方琳帮爷爷回答并发问。

男子直起身:"我叫丁仪,是负责对接你们的人。"

"哦,你们的专家顾问团主席,王侦仪院士,不过来了吗?"方琳再问道。

"我姥姥去环球加速器的控制中心了,今天临时让我来接待。"丁仪彬彬有礼,笑容里藏不住的是质朴而青春的气息,与馆内的陈旧格格不入。他站到老人身后:"我来推吧。"

"不用……"

"别客气,方琳。"他不由分说,占据了她推爷爷的位置,那柔和适中的霸道令她为之一振，加之从他口中喊出自己的名字，更让她产生了一种陌生的亲切感。

老人开口道："小伙子，你姥姥好吗？"

"很好，方爷爷，她现在还在搞科研，每天工作的时间比我们还长。"丁仪富有磁性的声音回荡在电梯里，"这次听说你要来，她非常高兴，提前一周就在准备迎接你，哪知昨天控制中心那边出了点状况，她还没处理完，所以今天来不及回来。"

"没关系，我和她经常见面的。"

"啊？"

"我经常在电视上看见她。"

"哦。"丁仪和方琳同时都笑了。

"她有八十多岁了吧，看起来气色还是那么好，就像当年第一次见她，那种科学家独有的气质一直没变。"老人顿了顿，转而哀叹，"说起第一次见面，好像就在昨天。那时我们在一个帐篷里烤火，我第一次听说什么异常光波，什么天体光频。想想那场景，几个天文学家和几个钻工打成一片，真让人忘不了。"

"我也经常听她提起你们。提得最多的是凌二晨，其次是你。"丁仪脱口而出，却又感觉自己说了假话，愧笑着补充道，"实际不是你，是以你的绰号命名的机器人。"

"毛根？"方琳叫起来，"我知道那个机器人！"

丁仪偷偷给她做了个摆手的动作，示意她别往下说。方琳立即会意，知道爷爷不喜欢这个机器人——也许是爷爷不喜欢这个绰号。

为了缓解尴尬,丁仪转换了话题:"'银色蜘蛛'大爆炸事件后,我姥姥就没离开过这里。五十年了,当年与她共事的人去世的去世,离开的离开,只有她守着这片土地。"

"她为什么不离开?"方琳问,"我看新闻报道说,她有很多机会离开的,特别是在发现引力子后,她在国际上名声大噪,很多国家都想请她过去。"

"这个问题我也曾问过她,她的回答是,为了科学,她要用自己的一生去探寻宇宙大统一模型。"丁仪微扬下巴,把目光投向广告,"有一次她还偷偷告诉我,她留下还为了守护一个人。"

"守护你姥爷?"

"不是。"丁仪笑了笑,轻声吐出三个字,"凌二晨。"

方琳若有所思地点点头,忍不住问了那个一直令她疑惑的问题:"凌二晨他……到底是死是活?"

"一会儿见着,你就知道了。"丁仪留了悬念。

方琳不依不饶,打开话匣子:"民间传说和官方的说法不一样。民间版本说,他为了救心爱的女人,失足跌入天坑,是一个爱情故事。如果你姥姥真是在守护他,那他心爱的女人,恐怕就是你姥姥吧,呵呵……但官方版本说,他是一位伟大的地质学家,为了拯救地球,自愿炸掉天坑,就和黄继光炸碉堡的英雄事迹一样。对了,民间版本还说,他早已尸骨无存,陈列馆底层存放的只是他的雕塑,那里是他的墓,官方广告宣传是假的,是为了吸引游客而已。"

"现在最底层没对外开放,是为了让凌二晨安静地待着,外人不便打扰。"丁仪第一次听说还有民间版本,感到新奇,又愈发觉得方琳可爱,"你刚才说的民间版本,带着浪漫奇幻的故事色彩,我倒是挺喜欢。回头我向姥姥求证一下,看是不是真有其事。"

"若真有,能不能详细给我讲讲。"方琳有些兴奋,一把抓住丁仪的手臂,"我想把这个传奇写成小说,一定很好看。"

"你会写小说?"

"呵呵,业余爱好。"

"那我可以提供的素材太多了。"

"真的?"

两人一言一语地聊得带劲,被撂在一边的老人不想扫他们的兴,安静地坐着,回忆起那些有关"毛根"的往事。他很早就知道机器人"毛根"的存在,也知道凌二晨为什么叫它"毛根"。他的确不喜欢这个绰号,就像他每次叫"凌二傻"时,知道凌二晨也不喜欢那个绰号。但他就想那么叫他。

两个青年的说笑声,在电梯停下的那刻戛然而止,电梯里瞬间恢复了肃静。丁仪推着老人先出了电梯,方琳紧随其后,黑黢黢的空间让她有点紧张。她以为电梯外是一间宽阔的展览厅,谁知却是阴暗狭窄的通道,昏暗的灯光把人折射到墙上,如鬼影般跟着,让她感觉压抑而惊悚。她不自觉地抓住丁仪的衣角。

"别怕,过了这段路就好了。"丁仪放慢步子,"当年发现凌二晨时,就是在这个洞穴里。为了让他保存完好,姥姥坚决反对改造,所以这里除了加固,至今维持着原状。"

"是怎么发现他的？"老人仰起头，看着摇晃的光影问，"据说爆炸贯穿整个地球，被波及的那一圈地层都出现不同程度的下沉，这么剧烈的大规模爆炸，他怎么还能保存完好？"

"姥姥说，是因为他穿着防护服，还有，那次爆炸并不是我们理解的一般意义上的化学爆炸，而是一种物理爆炸，其释放的能量，将他推向了其他地方。这就能解释，发现他时，为什么他是游泳的姿势。姥姥说，他不是一直在这里，是在爆炸形成的环形隧道内，被冲击波或某种能量推着向前，绕了地球一圈，最终又回到这个起点。"

"好奇特的环球旅行，太不可思议了。"方琳叹道，"原来他的终点就是起点。"

"起点也是终点。"老人也叹道，话里明显带着更多的寓意。

"姥姥说，他是一位真正的英雄。"丁仪接着说，"当年为了阻止天坑坍塌，他们建造了'银色蜘蛛'，凌二晨自告奋勇进去当管理员。当他们发现'银色蜘蛛'根本无效时，他又自告奋勇跳进天坑，炸掉了它。他不仅成功阻止了天坑塌陷，还意外炸通环球隧道，让我们后人建立起爱因斯坦赤道，更让塔克拉玛干沙漠成为世界核子中心。"

"你姥姥真这么说？"老人问。

"是的。"

"好吧，也许这真是真相。"老人想，谁也不知道凌二晨是个傻子，他有个绰号叫"凌二傻"。

丁仪觉得老人言外有意，不悦地追问："方爷爷说这话，是什么意思？"

"没别的意思，小伙子。"老人意味深长地笑着说，"历史只属于历史本身，真相也只是每个人愿意相信的那个真相。别对我的话较真，也别对真相较真。"

丁仪无法接话，沉闷下去。方琳没有察觉到他的不堪，在他身后问："我一直不明白，为什么环球加速器的控制中心建在塔克拉玛干沙漠，而不是这里？"

"开始考虑是建在这里，但方案没通过。"丁仪回过神，答道，"一方面因为姥姥不让挪动凌二晨，觉得应该像保护遗址一样，把这里圈起来；另一方面，因为这里破坏太大，重建不理想，专家便建议选址在已有天坑形成的地方。通过比对，塔克拉玛干沙漠的天坑就成了最合适的选择。"

"那环球加速器到底是干什么用的？"方琳一边问，一边用指腹触摸墙壁。她发现那上面很湿润，像有水从里面浸出来。

"环球加速器就是粒子加速器，在此之前，全球最大的加速器强子对撞机是在法国和瑞士的边界。后来我国计划建造更大的粒子加速器，遭遇了很多争议，计划屡屡受挫，好在遇上天坑塌陷事件，于是在各界争议中，上面决定先把这项计划的部分资金拿出来救急。主要原因在于，有科学家说，天坑是个天然的研究场所，建造'银色蜘蛛'会达到与粒子加速器一样的效果，所以'银色蜘蛛'在很短时间内实施完成。没想到的是，'银色蜘蛛'最后爆炸，竟在地层形成一个天然的环球隧道，这不仅促成了最大粒子加速器的建设，还节约了不少成本。"丁仪听见身后没动静,回头看方琳,差点撞到她的鼻尖。她凑得很近,听得专心。

他不好意思地笑笑,继续说:"至于环球加速器到底有什么用,对于我们理论物理研究来说,它是研究粒子和原子核的重要工具,帮助我们去理解物质、能量、基本粒子和物理规律等,是我们探寻宇宙大统一模型的主要科学仪器。对于人们来说,通过它掌握分子、原子这些知识,能获得新材料和新型芯片,用于工业制造;它还能用于医药领域,进行医疗诊断和治疗。最重要的是,通过它能制造'黑洞';若用'黑洞'发电,吸收宇宙的电磁波,并把它转化为热能,就能给地球提供取之不尽的能量。"

听到这,老人问了一句:"当年你姥姥发现的异常光波,到底是怎么回事?"

"那是天体黑洞合并产生的光波,通过一个镜面球体折射到了地球,正好在天坑的位置,实际与天坑塌陷的引力子作用并无太大关系,但如果不是它,姥姥不会发现天坑的异常现象,也不会在后来发现宇宙中的那个镜面球体。"丁仪滔滔不绝地说道,"现在,我姥姥主要研究的,就是如何利用这镜面球体,将更多的电磁波折射到'人造黑洞',又如何利用'人造黑洞'发电来造福人类。"

"太了不起了!"方琳发出啧啧赞叹。这时,前方出现一道椭圆形光面,好似一扇门,她估摸是到了窄道尽头。

他们停止了谈话,朝着光源前进。通过那扇门,他们进入一间圆柱形的房间,里面被一个扇面的玻璃罩占据了大半。玻璃罩如嵌入泥壁的蛋壳,蛋清一样黏稠剔透的液体充斥其中,液体发出的光,照亮了这个与世隔绝的深洞。在"蛋壳"中心,有一块土黄色,是一个人形的东西,也嵌于泥壁内。

"那就是凌二晨。"丁仪指着人形说,同时用手点亮玻璃罩,其上出现屏幕,屏幕画面中的人形不断放大,最后画面定格在人形的面部:头盔的面罩里,是一张安详的脸,从睁大的两只眼睛,能看出一种发自内心的安然,因为他的嘴角还牵动着一丝笑。

老人从轮椅上直起身,向前倾,把手摁在玻璃罩上,略显激动。方琳看着监测器上的指标数字开始跳跃,数字不断升高,赶紧在他后背上抚了抚,好让他情绪不要过于波动。

丁仪见状,也安慰老人道:"方爷爷,从凌二晨的表情,我们猜测他没有经受太多痛苦,你不用过于担心。我姥姥说,虽然没人知道他经历了什么,但他最后一定是看见了美好的场面,所以才会保持微笑。"

方琳盯着那张脸,忍不住又问了刚才的问题:"那他……到底是死是活?"

"从外观来看,他已经死了;从生命体征来说,他是活着的。"丁仪指着屏幕,"他有点像植物人,却又不全是。植物人除了功能性的神经反射和进行物质及能量的代谢外,是完全丧失认知能力的,无任何自主活动;但是他没有自主活动,却有认知能力。我们曾利用脑电波进入他的大脑,发现他是可以通过意识与我们对话的,只不过那样太消耗他的能量,我们为了维持他的现状,没有与他沟通太久。"

"如果他还活着，为什么不把他平放到床上，那样被横嵌在墙壁里，多累啊！"方琳觉得这半个"蛋壳"里的凌二晨，像极了琥珀里的古老动物，被滴落的树脂包裹，掩埋在千万年的地层中。

"刚才说过了，他不能被挪动。"丁仪把屏幕上的画面放大了一倍，"你们仔细看，他的肉体是嵌入防护服的，防护服又与周围的泥土融于一体。姥姥说，他在环球隧道里游了一圈，就如一个粒子被放入加速器里。在运动中，他体内的原子被扭曲，组成分子的所有原子键发生断裂，他可能变成了等离子人体云，像潮汐被牵引着走，拖到了其他物质内部。基于这种原理，你们可以想象，组成人体或防护服的基本粒子被某种能量打破，又重组，周而复始的，最终相互融合，固定成某种形态——幸亏还是人形。所以，我们无法将防护服从凌二晨身上脱下来，更无法将他与周围的泥土分开。我们曾试过各种方法，但每一种都是对凌二晨的损害，最后我们不得不维持原状，并为了延续他的生命，在他外围放置了这个充满营养液的罩子。"

"真是个传奇。"方琳听呆了，把脸贴在玻璃罩上，再次感叹。玻璃罩将时空隔离成两个世界，一个是他们的，一个是凌二晨的。

老人的情绪逐渐稳定，在平息呼吸后，哽咽地说："能不能让我和凌二晨单独待一会儿？"

丁仪和方琳对视一眼，同时退到窄道里。

老人用颤巍巍的手，从衣兜里掏出一包食品纸袋，摊开：

"凌二傻,我给你带了你最喜欢吃的馍馍,你能闻到吗?过来尝尝。"他把手朝前举高,"他们都说你是英雄,但我知道你不是,你只是想找到机长和大武,对吧?"他的眼角闪着泪光,声音呜咽,"有件事在我心里藏了很久,我一直想告诉你……当年我知道你在帐篷睡觉,大武问我时,我却告诉他,你去了螺旋坑,然后他和机长才去那边给你送饭……我真没想到,他们会一去不复返……我不该开那样的玩笑……可我不明白,大家在一起打钻那么多年,为什么他们就偏向你?大武是这样,机长也是这样,可能他们都太同情你,但我不这么想。我觉得你不傻,是装傻,是为了博人同情……我讨厌你装傻的样子……"

老人嘴唇微颤,垂下头,眼泪大颗落下,滴在馍馍上。泪珠在脆香的馍面散开,浸入龟裂的馍缝,像雨露洒向干涸的大地,柔化着他多年来的愧疚。终于,在这一刻,他释然了。

丁仪和方琳在后面默视老人,在他泣不成声时,方琳准备冲过去,被丁仪一把抓住。丁仪摇了摇头,她会意了,站在原地,直到老人的肩膀停止抖动,重新抬起头,她才走到他身边,轻声问:"爷爷,好了吗?"

老人包好食品袋,把还有余温的馍馍放回衣兜,最后看了一眼镶在墙壁上的同伴,这才重重嗯了一声,任由孙女推着他,走了。

谁也没注意到,在他们背离而去的刹那,展现游泳姿势的凌二傻动了一下。尽管只是眼珠朝毛根那边移了半毫米,但确实是动了。

后记：

缘起地质　回望故乡

　　我出生在陈子昂的故土四川射洪，在"前不见古人，后不见来者"的苍茫感中迷上科幻，心里播下一颗文学的种子。继而，我意外进入地质行业工作，十八年里流转于四川的东西南北，往返于成都与攀枝花、凉山州、阿坝州、甘孜州之间。若把这些足迹连起来，我在地质行业成长的每一圈年轮清晰可见，其中烙下的正是附着在年轮上的情感。

　　是否要提笔写作，何时提笔写作，提笔写什么，或许都是命数。科幻的文学种子在短暂的发芽后，销声匿迹。直到某一天，这颗差点被遗忘的种子再次冒出来，我决心用毕生精力呵护它。是时候了，积蓄多年的思绪从指尖决堤而出，变为跳动的字符，汇聚成一条条句子的长河，开始勾勒一个个故事的轮廓，最终叠合为一沓沓厚实的纸张。故事在大地上跌宕，我被起伏的风浪裹挟着往前赶，闷头闷脑的，写了很多匪夷所思的故事。又直到某一天，我发现自己逐渐摆脱了裹挟，双脚终于落地，脚下竟还是生我养我的这片土地。从此，我明白：我从未，也始终无法，离开故乡。

工作如此，生活如此，文学亦如此。

四川很独特，涵盖了高原、盆地、山地、丘陵、平原等，地貌地形丰富。尤其成都平原广阔，气候温润，物产丰盈，从三星堆遗址到金沙遗址，从都江堰水利工程到中国历史上第一所官办地方学校，从发明纸币"交子"到世界上最早开采利用天然气……以成都为首的四川各大城市历史悠久，多元一体，自古就富有鲜明的时代个性。更重要的是，它们蕴含的中国科幻基因，使古老与现代、过去与未来的时空交相辉映。所以，土生土长的我有何理由离开这片土地去创作其他？

如此，我的大部分小说都扎根于四川，无论是科幻还是非科幻题材，都以四川元素为核心，又或点缀着。而四川元素中，又以地质元素为主。这本小说集中的《龙门阵》和《喀斯特标本》尤为明显。在本书选题与排序时，我故意将这两篇小说放在一头一尾，而把三篇背景设定在太空的地质小说放在其间。由于这两篇小说均以地球现实为背景，又带着强烈的四川色彩，所以这一头一尾，颇有从四川出发，在太空遨游后，最后回归于四川的意味。这就像生命，从哪里来，到哪里去。小说自然也有它们的生命。五篇小说都是与地质息息相关的生命。虽然两篇在地球，三篇在太空，但始终由"地质"这条绳索所牵系。中间三篇联系更为紧密，却又各自独立，娓娓叙述着未来太空矿产资源行业里的爱恨情仇。毕竟，自由与爱情是文学亘古不变的主题，科幻也不例外。

　　故事的好与坏均由读者评判，我所在意的，更多的是完成了抒发自己地质情怀的念想。每一个故事的源头，必然来自内心深处迸发的火花，那些由经历和感悟摩擦出的火花，又正源于我穿梭于四川各地时，在地质工作中，不断于高原与盆地、农村与城市、贫困与繁华、落后与前沿的交替中被摩擦，诸如人类第一次摩擦生火支配了自然力，终将自己与动物区分开，而我，也将身躯与灵魂分开，在广袤的天地之间，感受心灵的沉浮，编织起一幅幅属于故乡的地质画面。我成了操控故事人物命运背后那只翻云覆雨的手。

　　四川是我的故乡。故乡是一个"盆"。从今以后，我就在这个"盆"里拾"宝"。

　　也许在有些人看来，我是井里的蛙，久居"盆"中望"天"，眼界始终有限；然而于我自己，"盆"里的故事足够讲述一光年的时间，若我不讲，谁来讲？总得有人讲才是。我甘愿做"盆"底之蛙，叽叽呱呱的，去讲述故乡千年的历程，攀附于地质故事不断去记录与探索。只不过，我想用科幻的方式，撷取美和感动的片刻，让故乡与地质本身成为一本书，让关于它们的文字成为传递人文内涵的一种符号。我在故乡的发展变迁中，寻求它展现在世人面前的崭新姿态。历经多元文化的大碰撞、大融合，故乡蕴藏的"宝"散落于每一个角落；每一个故事的律动，折射出我乡情的光影。在纸张和文本的呼吸之间，以地质为源，科幻为我和故乡架起了一座展望未来的桥梁。

时光从我的眼眸中淌过。我从科幻的字里行间淌过。科幻从我对故乡的惦记与希望中淌过。

"念天地之悠悠,独怆然而涕下!"

犹记幼时,我独登陈子昂读书台,仰望石碑上的《登幽州台歌》。这首至今历时一千三百余年的诗,仿若刻在出生此地的孩童基因里,潜意识中将去追寻古迹,探索未来。那时的我,虽未完全理解诗中的苍莽雄健,风骨高异,却能看见寥廓宇宙中,一个孤立的身影,困在过去与未来的时空,发出彷徨而凄迷的感慨。只因这首诗,我自幼对宇宙的想象定格在幽州台上。俯仰天地,听着一个久远的声音在历史的演绎中回响,我感受到陈子昂参透时空的奥妙,自愿被牵引着朝前走,走向一个文字的世界,走向他解构时空与重塑自我的世界。

地质人,故乡土,我成为现在的我。我写过的每一个字,流下的每一滴泪,都是对脚下土地的每一分热爱。是我心里生出了地质,还是地质归并了我?这不重要。重要的是,每一位作家对精神世界的追求,永无止境——那是我缘于地质,面朝故乡的方向。

贾 煜